春谷松風

姜朝曦

周济贫 著

安徽师范大学出版社
ANHUI NORMAL UNIVERSITY PRESS
· 芜湖 ·

图书在版编目(CIP)数据

春谷松风/周济贫著. — 芜湖：安徽师范大学出版社，2020.10
ISBN 978-7-5676-4734-3

Ⅰ.①春… Ⅱ.①周… Ⅲ.①诗词－作品集－中国－当代 Ⅳ.①I227

中国版本图书馆CIP数据核字(2020)第180985号

春谷松风 周济贫◎著

责任编辑：潘　安　责任校对：房国贵
装帧设计：丁奕奕　责任印制：桑国磊
出版发行：安徽师范大学出版社
芜湖市九华南路189号安徽师范大学花津校区　邮政编码：241002
网　　址：http://www.ahnupress.com
发 行 部：0553-3883578　5910327　5910310(传真)
印　　刷：江苏凤凰数码印务有限公司
版　　次：2020年10月第1版
印　　次：2020年10月第1次印刷
开　　本：700 mm × 1000 mm　1/16
印　　张：14.5
字　　数：210千字
书　　号：ISBN 978-7-5676-4734-3
定　　价：49.00元

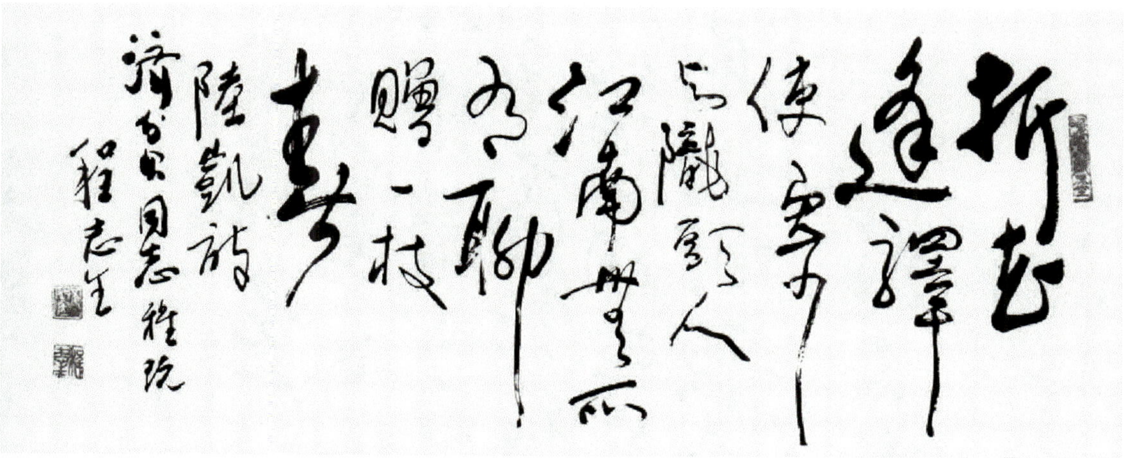

折花逢驿使，寄与陇头人。江南无所有，聊赠一枝春。陆凯诗济贫同志雅玩。程志生

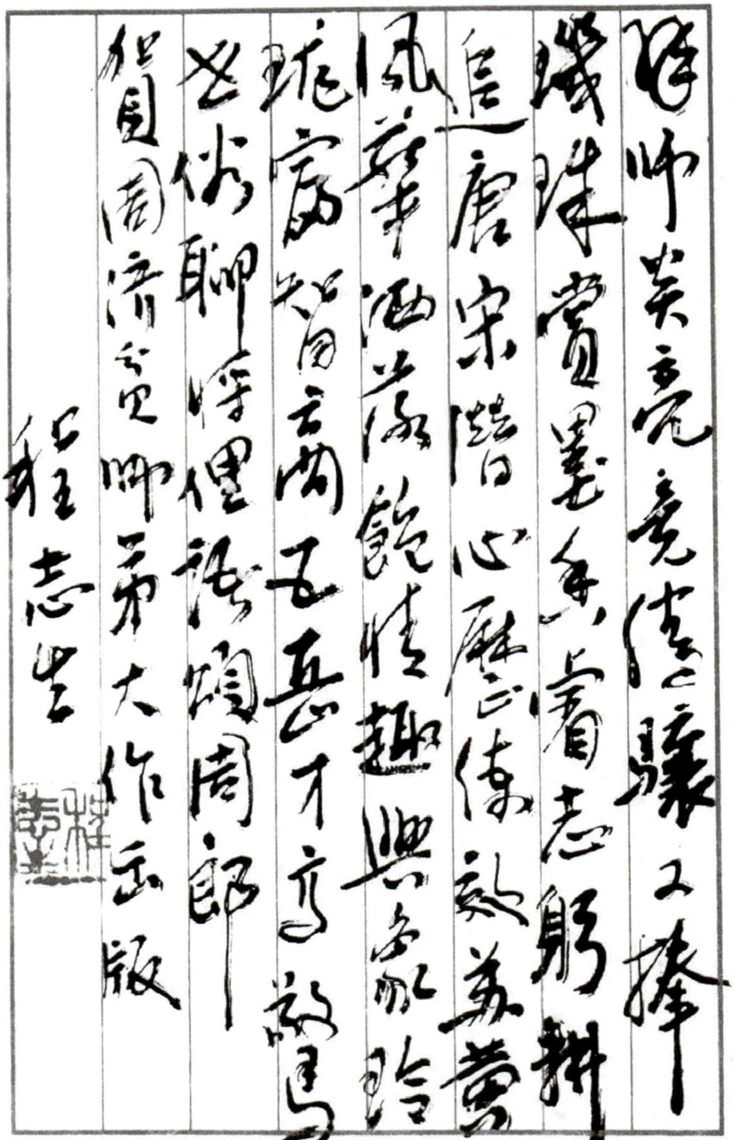

吾师炎亮竟腾骧，又捧玑珠赏墨香。睿志躬耕追唐宋，潜心历练效苏黄。风华洒落饱情趣，兴象玲珑富智商。五岳才高惊世俗，聊将俚语颂周郎。贺周济贫师弟大作出版。程志生

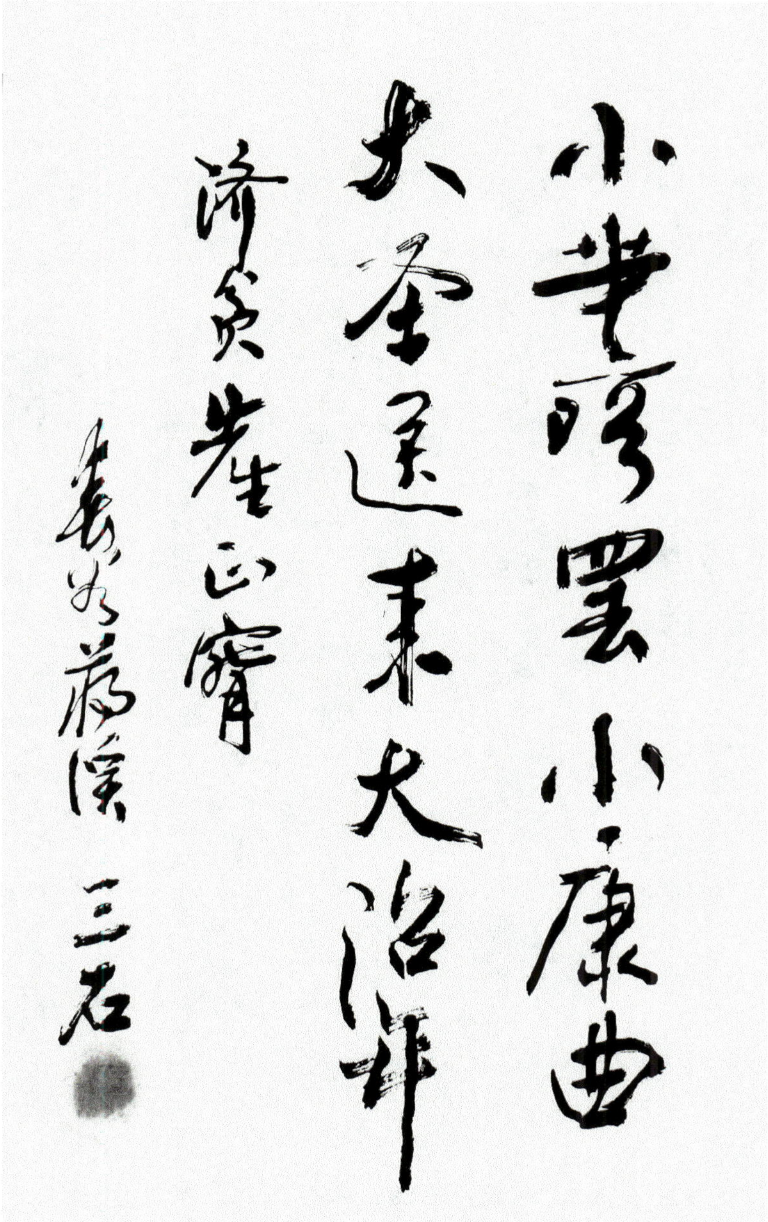

小芈哼罢小康曲，大圣送来大治年。济贫先生正腕。春谷蒋溪三石（戴光磊）

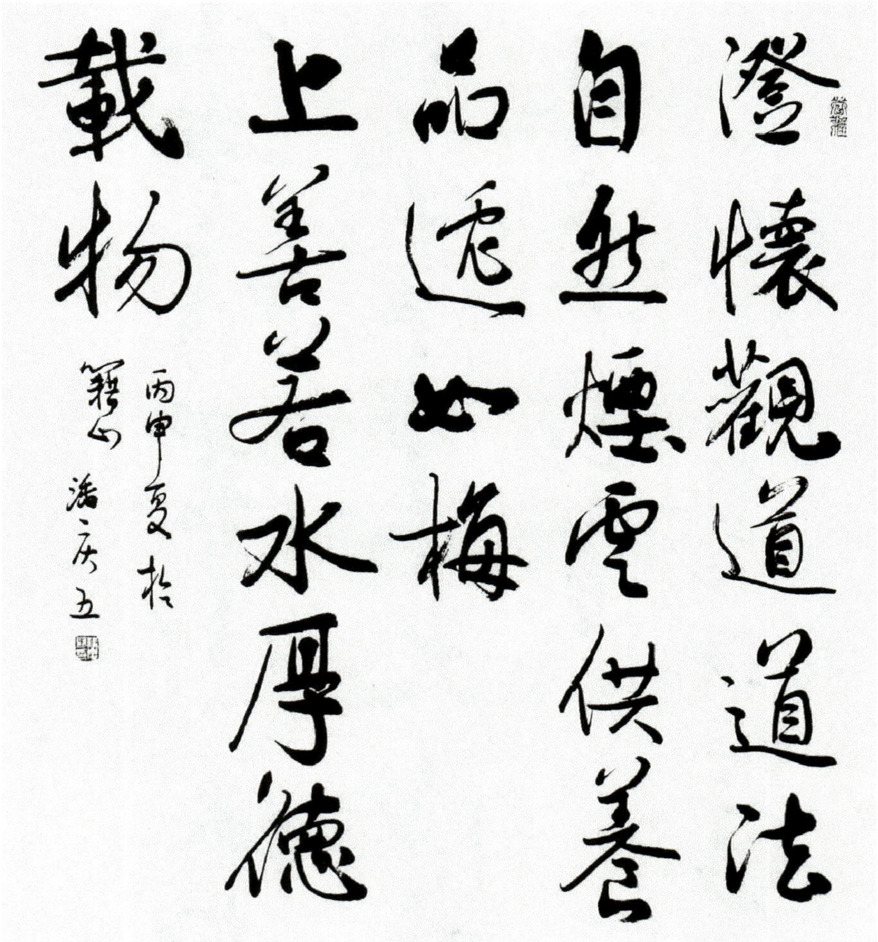

澄怀观道道法自然,烟云供养品逸如梅。上善若水,厚德载物。丙申夏于籍山。潘庆五

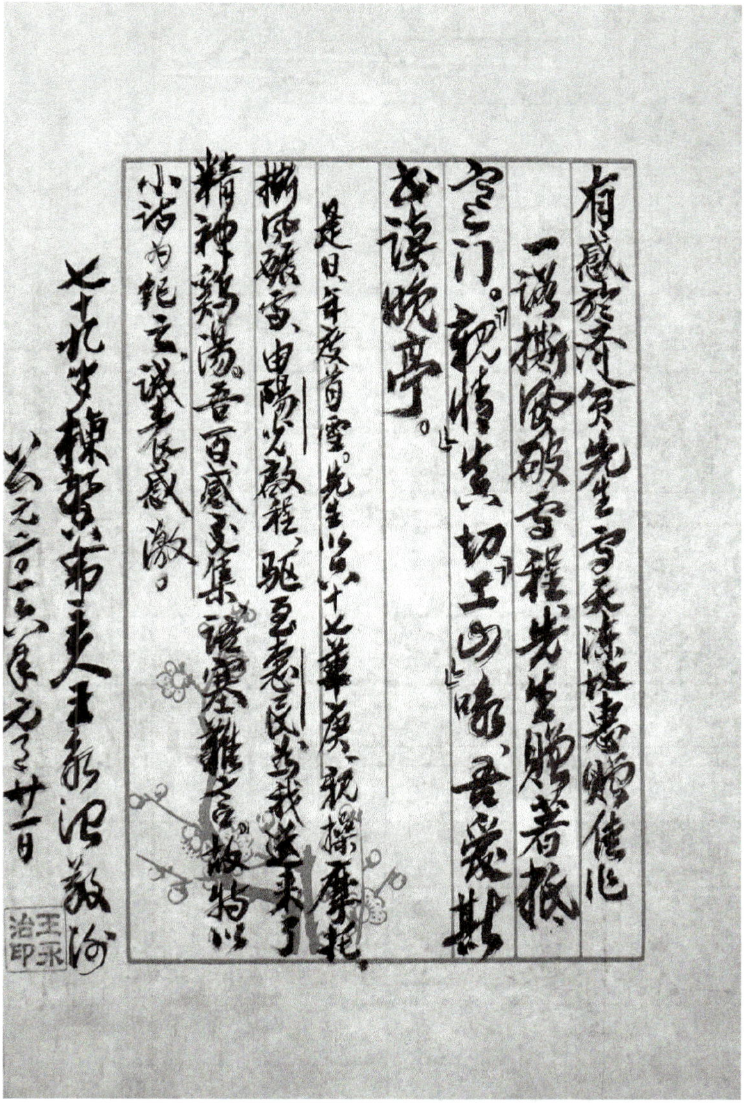

有感于济贫先生雪天冻地惠赠佳作。一诺撕风破雪程，先生赠著抵寒门。《亲情》真切《工山》咏，吾爱斯书读晚亭。是日年度首雪，先生以六十七华庚亲操摩托，撕风碾雪，由阳光启程，驱至惠民，为我送来了精神鸡汤，吾百感交集，语塞难言，故特以小诗为记之，诚表感激。七十九岁楝新香斋主人王永治敬谢。公元二〇一六年元月廿一日

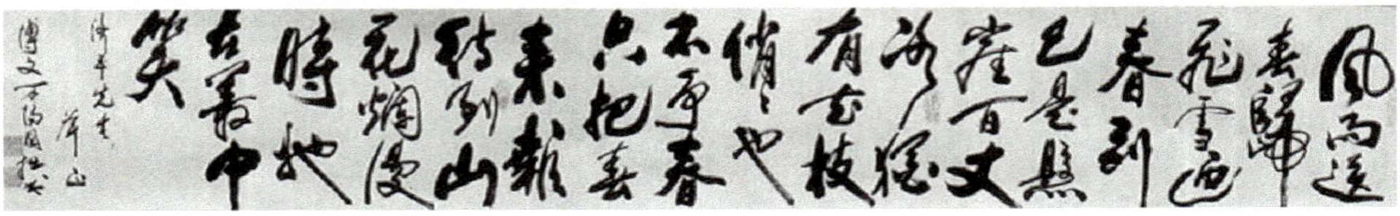

风雨送春归，飞雪迎春到。已是悬崖百丈冰，犹有花枝俏。　俏也不争春，只把春来报。待到山花烂漫时，她在丛中笑。济平（贫）先生斧正。博文万愓园拙书

语不惊人死不休。录唐代杜甫诗句。丙申年五月。惠国胜书

天道酬勤。戊戌之夏。李来宝书

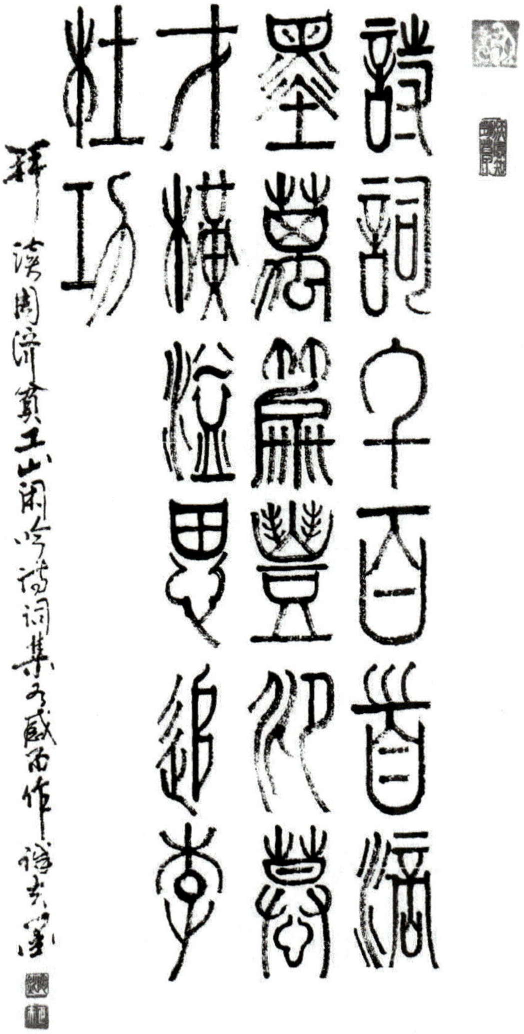

诗词千百首，滴墨万篇丰。仰慕才横溢，思追李杜功。拜读周济贫《工山闲吟》诗词集有感而作。(陶)诚夫墨

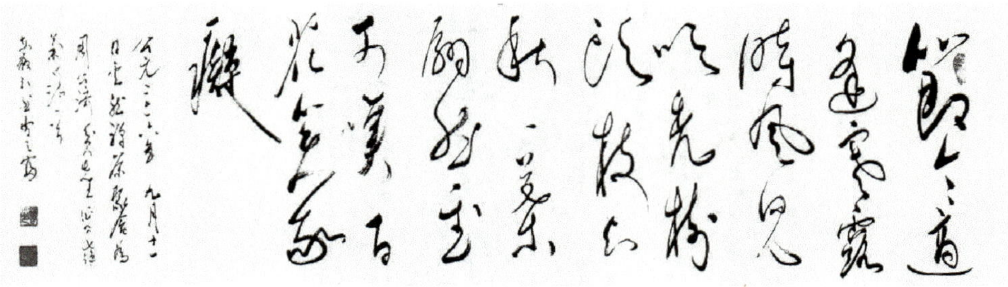

节令适逢寒露时，风儿吹秃树头枝。知秋一叶翩然至，可叹百花笑我痴。公元二〇一六年九月十一日云龙禅茶聚会为周公济贫先生作《七绝·菊》诗一首。安徽知然曹之富

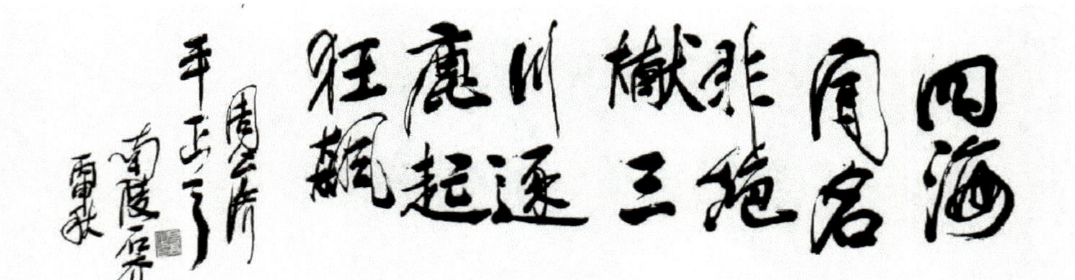

四海闻名非绝巘，三川逐鹿起狂飙。周公济平（贫）正之。南陵石乔丙申秋（张达）

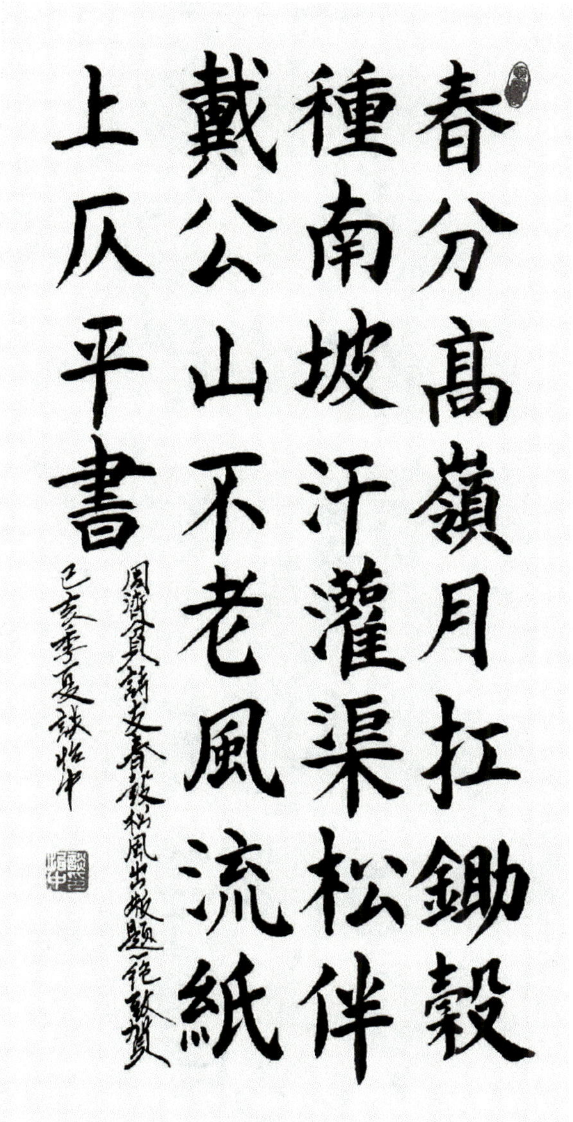

春分高岭月扛锄，谷种南坡汗灌渠。松伴戴公山不老，风流纸上仄平书。周济贫诗友《春谷松风》出版题一绝致贺。己亥季夏。谈怡中

今人不见古时月,今月曾经照古人。张照华

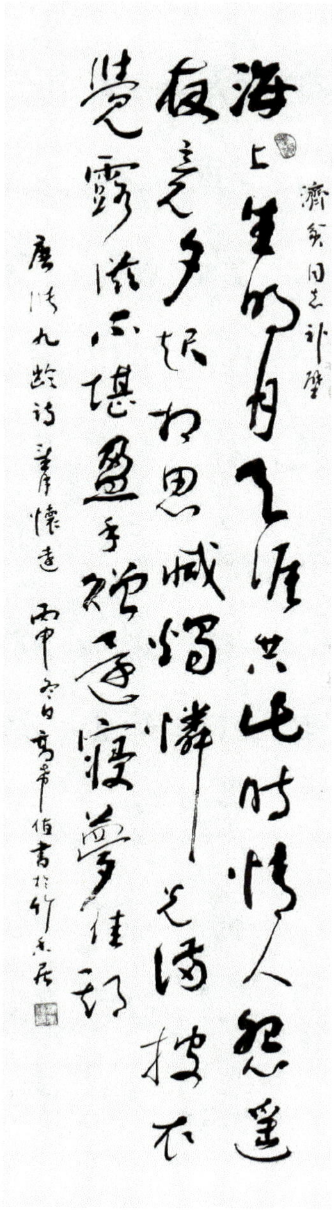

济贫同志补壁。海上生明月,天涯共此时。情人怨遥夜,竟夕起相思。灭烛怜光满,披衣觉露滋。不堪盈手赠,还寝梦佳期。唐张九龄诗《望月怀远》。丙申冬日。高希值书于竹香居

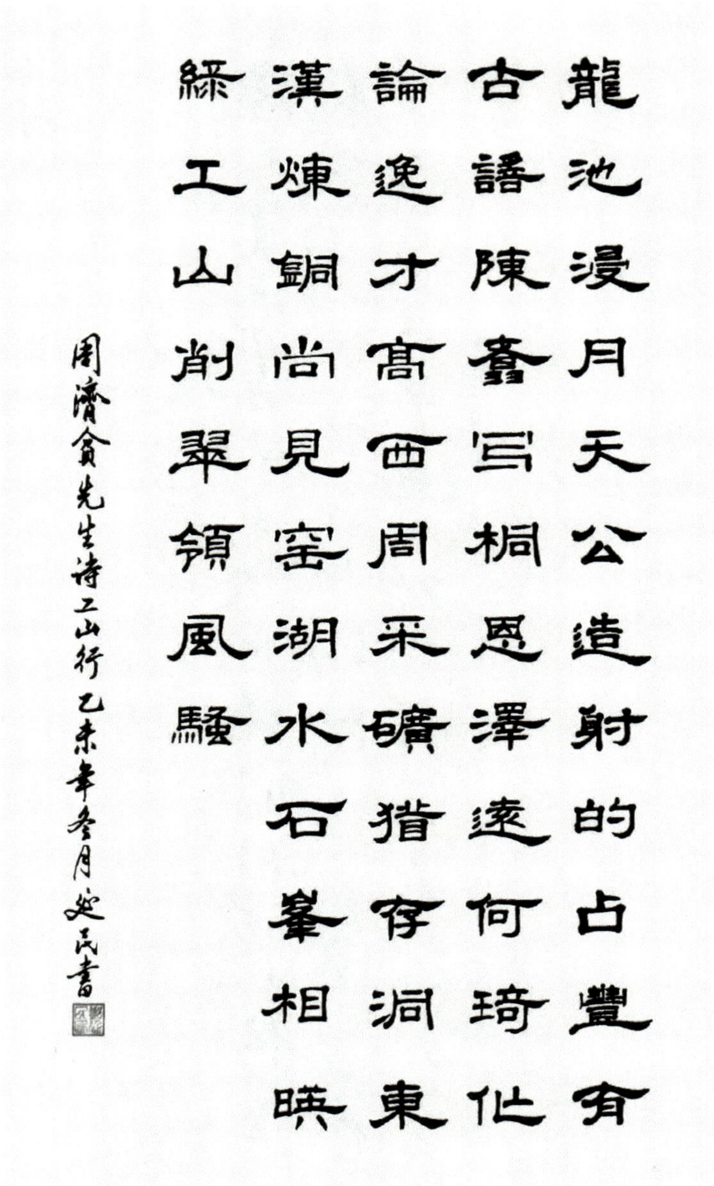

龙池浸月天公造，射的占丰有古谣。陈翥写桐恩泽远，何琦作论逸才高。西周采矿犹存洞，东汉炼铜尚见窑。湖水石峰相映绿，工山削翠领风骚。周济贫先生诗《工山行》。乙未年冬月。(邱)延民书

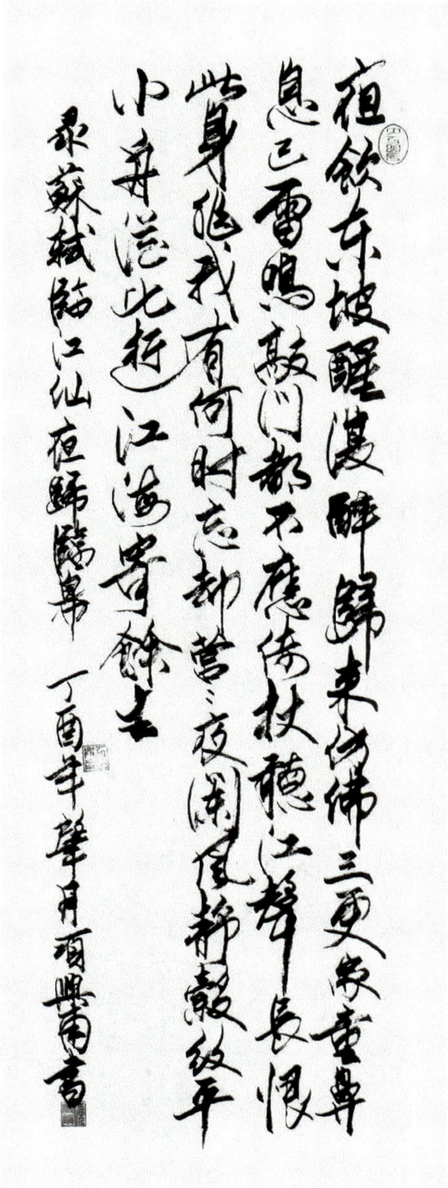

夜饮东坡醒复醉，归来仿佛三更。家童鼻息已雷鸣。敲门都不应，倚杖听江声。　　长恨此身非我有，何时忘却营营。夜阑风静縠纹平。小舟从此逝，江海寄余生。录苏轼《临江仙·夜归临皋》。丁酉年肇月。项兴甫书

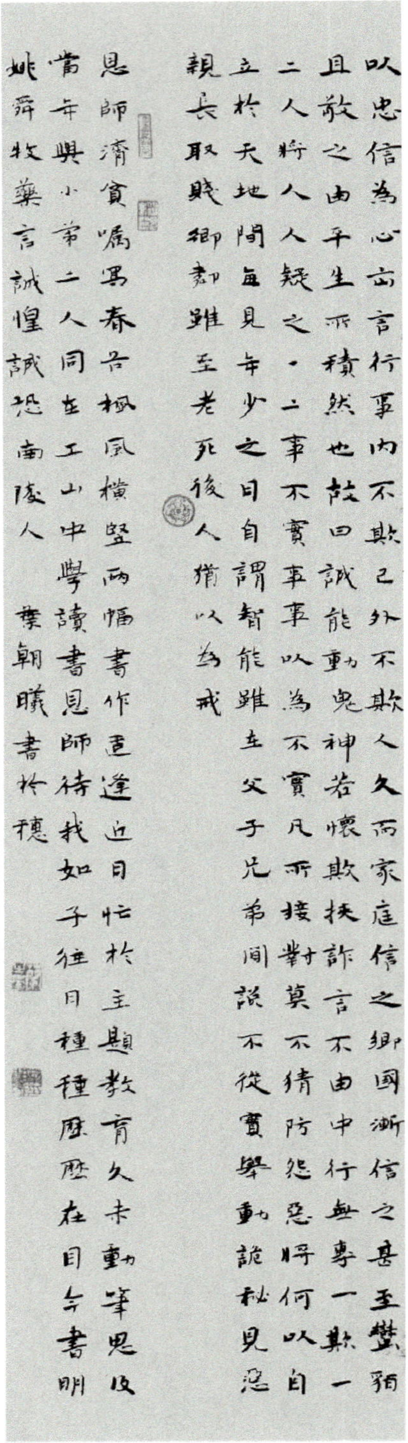

以忠信为心，出言行事内不欺己，外不欺人，久而家庭信之，乡国渐信之，甚至蛮貊且敬之。由平生所积然也，故曰诚能动鬼神。若怀欺挟诈，言不由中，行无专一，欺一二人，将人人疑之，一二事不实，事事以为不实，凡所接对，莫不猜防怨恶，将何以自立于天地间？每见年少之日，自谓智能，虽在父子兄弟间，说不从实，举动诡秘，见恶亲长，取贱乡邻，虽至老死，后人犹以为戒。恩师济贫嘱写《春谷松风》横竖两幅书作。适逢近日忙于主题教育，久未动笔，思及当年与小弟二人同在工山中学读书，恩师待我如子，往日种种历历在目，今书明姚舜牧《药言》，诚惶诚恐。南陵人叶朝曦书于穗

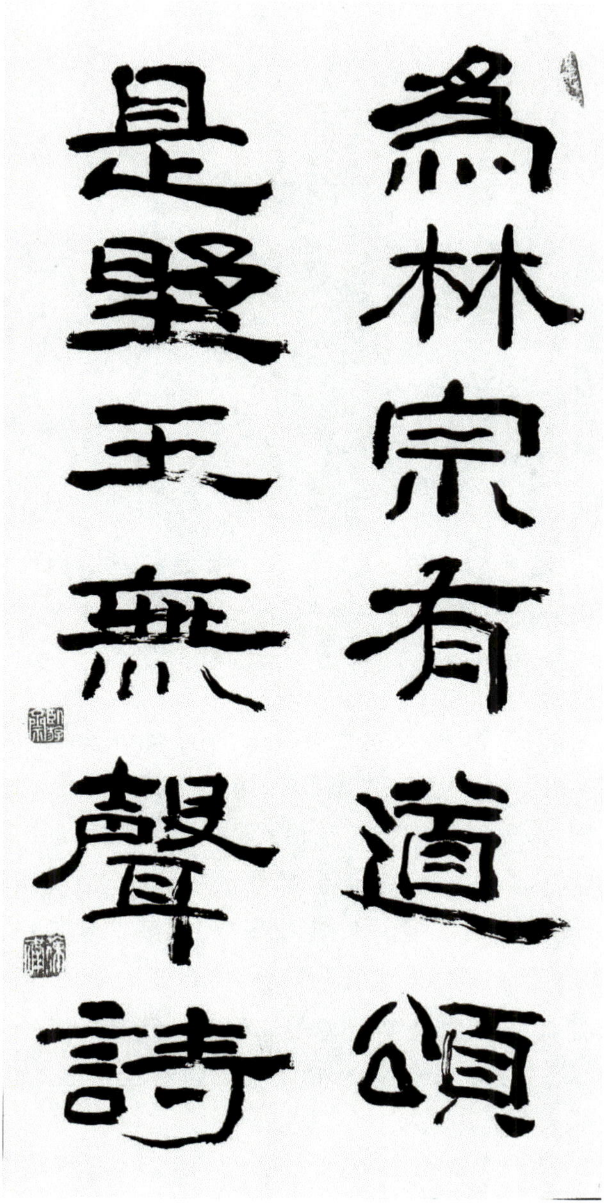

为林宗有道颂,是野王无声诗。徐峰

（驾）八龙之蜿蜿兮，载云旗之委蛇。抑志而弭节兮，神高驰之邈邈。奏《九歌》而舞《韶》兮，聊假日以偷乐。陟升皇之赫戏兮，忽临睨夫旧乡。仆夫悲余马怀兮，蜷局顾而不行。乱曰：已矣哉！国无人兮莫我知兮，又何怀乎故都！既莫足与为美政，吾将从彭咸之所居！（心）犹豫而狐疑。巫咸将夕降兮，怀椒糈而要之。百神翳其备降兮，九疑缤其并迎。皇剡剡其扬灵兮，告余以吉故。曰："勉升降以上下兮，求巨矱之所同。汤、禹俨而求合兮，挚、咎繇而能调。苟中情其好修兮，又何必用夫行媒？说操筑于傅岩兮，武丁用而不疑。吕望之鼓刀兮，遭周文而得举。《离骚》节选。济贫先生雅正。庚子春大雅斋主黄维

历史的记忆与生命的意识

每个人既生活在现实中，也生活在历史中，外部世界的温柔莽撞都会在我们的心灵上留下擦痕，有些被心有灵犀者用文字保存下来，这些回忆沉淀成为历史的记忆。周济贫先生就是这样一个有心之人，他用闪耀皖南夕照与炊烟的句子，为我们民族宏伟的历史文化大厦增加了一小块砖石。

“酒宴排开喜气深，平民子弟入龙门。”二十世纪八十年代，农民的孩子考上中专，他的家族何其荣耀。

“清晨赤脚下田去，上课先揩身上泥。”这是民办教师生活艰辛的真实写照。

“割稻栽秧迎烈日，放牛担草上高山。”“农村七月倍加忙，夜里挥镰趁月光。”写的是童年与青年时代，中国人吃饱饭已然不易。

“脚踩水车陪晓月，肩挑柴草赶晴天。”写的是在农村生活的女性撑起了半边天。

上述种种，看上去云淡风轻，实则心潮澎湃。如果说“忘我”是很多人追求的表达境界，那么“勿忘”岂非也是一种道德操守?!

翻开这本书，我还感受到强烈的生命意识。无须宏大叙述，无须强说愁绪，朴实、真诚而又超脱的诗词之风扑面而来，清新可喜。

绘景：“一叶轻舟行渐远，夕阳西下鸟飞旋。”“梧桐招展著繁花，茶树青黄新透芽。”

抒情："一垄芫荽碧，三杯古井香。""父兄皆逝去，思绪似长风。"

忆旧："几回梦里同牵手，啼血杜鹃寻故园。""写就新词思挚友，隔山隔水两心同。"

钟嵘《诗品》云：气之动物，物之感人，故摇荡性情，形诸舞咏。这部作品文温以朴，意沉而远，值得品读。

潘务正
二〇一九年十月

（作者简介：潘务正，安徽师范大学文学院教授，博士生导师，中国辞赋学会副会长。）

让生命在诗林词风中穿行

《春谷松风》即将付梓，这是继二〇一四年第一部诗词集问世后，济贫兄的又一部诗词力作。

济贫兄的诗词，其平和、畅达、清丽、洁澈，以及深植其中的质朴、真切、低敛、大爱，构成了他诗词写作的一贯风格，也呈现出他诗词写作的全局风貌。济贫兄诗词的这种风格与风貌，与济贫兄做人处事的风格与风貌多么相似！所谓文如其人、诗品如人品者，约略如此。

是的，这多年，济贫兄正是让生命在诗词中穿行。生命在诗词中穿行，穿行得久了，穿行得远了，穿行得生命与诗词相互染熏、相互认许、相互融为一体了，诗词即成了济贫，济贫即成了诗词的一部分，抑或完全成了诗词的本身。

济贫兄人生阅历丰富，当过农民，做过会计，当过教师，做过副镇长……多岗位的历练，为他后来诗词创作开拓了丰沛的生活源泉，培壅了厚实的生活沃土。济贫兄的诗词，很得人喜欢。他总是把自己放在与读者平齐的角度，从没因为自己的诗人属性而高高在上，这使他的诗词总是蓄毓着浓稠的人间烟火，散发着奇瑰的大地芬芳。你看他的诗词，从哪个角度去观照，都是一幅生活世事人情故旧的描摹画卷，都是一曲山水自然日月星空的浅唱低吟。

作为中华诗词学会安徽省诗词学会的会员及芜湖诗词学会理事，南陵诗词学会、陵阳诗社副会长，济贫兄的诗词创作，正处于一个新的井喷期。虽然由于诗词学会、诗社，特别是工山镇文联副主席的社会职务，济贫兄需要而且必须拿出很多的一部分时间，为全县诗词、为全镇文艺工作去思虑，去谋划，去执行，去推动，但我相信，济贫兄一定不会忘记故乡戴公山的标杆启悟，一定不会忘记自己一路走来的诗词初心，一定会在诗林词风中孜孜以求不懈穿行，一定会创作出更多更加美妙、更加直击人心的诗词，为我们这个时代放歌，为自己人生的价值证明！

我们期待着！

罗光成

二〇二〇年初春于南陵

（作者简介：罗光成，中国作家协会会员，芜湖市作家协会副主席，南陵县文联主席。在《人民文学》《小说选刊》《散文选刊》《人民日报》等发表作品多篇。）

前　言

二〇一〇年我退休之后，正准备写点什么，适逢南陵县诗词学会成立，我有幸忝列。

二〇一四年我的第一部诗词集《工山闲吟》刊印，从此登程，夕阳之年与诗词结下不解之缘。

春去秋来，转瞬已经五年了。

漫漫诗路，既有风光旖旎，也有困难阻滞。将看到的、感受到的、被感动的用自己喜爱的文学形式表达出来，亦苦亦乐。承蒙南陵诗词界朋友们的指导与帮助，这本《春谷松风》得以出版，真诚地感谢大家！

在古老的、诗意的春谷徜徉，观赏和畅山川，聆听松林风语，实乃美乐之事。能与知音朋友分享此间的一丝清新，送去心中的一缕清音，这便是《春谷松风》的诠释与初心。

本集收录我近年创作的诗词作品，分为五编，以诗词的形式呈现崭新的内容，以满腔热情歌颂祖国的蒸蒸日上、家乡的美丽风光、人民的安居乐业，抒写朋友、同学之间交往的真挚情感，可供诗词爱好者阅读。另有附录，收有“对联”及儿子的诗，与大家分享。

《中华通韵》是中华诗词学会组织研制的规范，由国家语委语言文字规范标准审定委员会于二〇一九年三月审定通过，二〇一九年十一月一日正式实施。诗词用韵，我以此为准，将前几年所写的诗词（五首步韵奉和朋友的除外）做了修改，这样以前题赠朋友的一些诗词，便改得

“面目全非”了，在此谨致歉意，容日后再恭送新作。

集前书法皆师长朋友所赐赠，各其特色，纷呈绚丽，为拙著添彩，真诚地鸣谢！

周济贫

二〇一九年十一月

目 录

// 第一编

// 第二编

// 第三编

// 第四编

// 第五编

// 附 录

第一编

中国人民解放军建军九十周年朱日和阅兵

塞上秋光七月新，雄师铁甲壮昆仑。
飞机展翼风云动，导弹齐整利器屯。
科技领先生战力，忠诚至上铸军魂。
仁人志士百年梦，今日筑牢华夏门。

作于二〇一七年

三里镇父子岭抗日烈士纪念碑

群峰肃立悼精忠，满目生机看劲松。
强盗觊觎端利器，军民奋力斩顽凶。
犹闻昔日枪随炮，还爱今朝绿与红。
烈士丰碑传万古，天堂可慰九州同。

作于二〇一五年

咏家发镇

石峰水库似明铛，高速如龙向远方。
滨玉新区楼宇靓，张乔故里桂花香。①
长山头上怀英烈，纪念碑前忆国殇。②
加快进程工业化，农村蓄势待飞扬。

注

①张乔是唐代诗人，有说为今家发镇板石岭人。

②长山头是家发镇一处丘陵，反动势力在此屠杀过许多抗日英雄与革命志士。家发镇以抗美援朝特级战斗英雄李家发命名，镇内建有李家发烈士纪念碑。

作于二〇一八年

纪念平型关抗日大捷

凶魔犯境九州残，国恨家仇扛在肩。
东渡黄河驱日寇，北承南口缚鼍鼋。
冲锋军号山川动，腾起火光天地连。
我军大名威震远，永垂青史写雄篇。

作于二〇一五年

川军抗日

热血男儿别故乡，同仇敌忾打豺狼。
守防滕县川军烈，会战豫中名将殇。
淞沪城边枪弹密，岷江梦里水流长。
千秋万代英雄在，身化尘埃亦是香。

作于二〇一四年

工山行①

龙池浸月嫦娥现，射的占丰有古谣。
陈翥写桐清望远，何琦作论逸才高。
西周采矿犹存洞，东汉冶铜还见窑。
湖水朝阳相映照，工山削翠领风骚。

注

①本诗初稿后略有改动。工山镇的“龙池浸月”“射的占丰”“工山削翠”都是南陵十景之一。陈翥，北宋人，在工山写有《桐谱》。何琦，晋时工山人，著有《三国评论》等。

作于二〇〇五年

南乡子·至工山初级中学

余三十多年前曾在此任教师，当时校园内植有香樟和雪松等树木，今已老大矣！

衢道指黉宫，楼宇依然晚照中。昔日香樟今两抱，葱葱。树下徜徉觅旧踪。
岁月刻峥嵘，苦乐曾经印在胸。春夏秋冬流水过，匆匆。君看霜头对雪松。

作于二〇一六年

浣溪沙·访山峰村

工山镇山峰村坐落于南陵县镇山——大工山脚下，京福高铁穿过大工山，南丫公路纵贯全村，三十多年前我曾在此工作过。

莽莽工山涌绿涛，汽车鸣叫画中跑。穿云高铁巨龙飚。
村落平冈松树翠，农家庭院杜鹃娇。白头访旧雨潇潇。

作于二〇一六年

献给战斗在抗洪一线的解放军战士与人民警察

乌云挟雨尽凶狂，水漫家园成海洋。
战士担当迎恶浪，乡亲转送到平冈。
保田堵口衣衫破，排险查堤斗志昂。
抗击洪魔何惧累，人民利益在心房。

作于二〇一六年

浪淘沙·抗洪

一片水声喧，浊浪无边。横冲直闯毁良田。大雨不停成内涝，街道行船。

万众战狂澜，意志成山。抗灾自救写新篇。待到洪峰消退日，靓丽家园。

作于二〇一六年

贺芜湖诗词学会陵阳诗社成立

诗如潮水涌江来，社似春花遍地开。
成长尚需勤灌溉，立言明志写胸怀。

作于二〇一五年

鹧鸪天·贺芜湖诗词学会陵阳诗社成立

梅孕枝头待吐妍。笋舒地下欲明喧。三春红药花欣放，一箭幽兰香暗传。

春谷秀，雅人翩。相携诗社共吟联。且扬万里山河壮，还颂中华尧舜天。

作于二〇一五年

浣溪沙·纪念芜湖诗词学会成立三十周年暨其会刊《滴翠诗丛》创刊三十周年

风雨兼程敢领先，拓荒开路有群贤。同心携手度时艰。
两岸芳菲争滴翠，一轮旭日照航船。波平风正向江天。

作于二〇一五年

芜湖诗词学会成立三十周年诗书画展

芜湖文脉远流长，灵秀千年耀宋唐。
滴翠群星争灿烂，陶塘岸柳沁芬芳。
挥毫着意动沧海，点彩随心飞凤凰。
游客骚人观驻久，氤氲满纸墨留香。

作于二〇一五年

浣溪沙·无为县为省级中华诗词之乡志贺

桂子飘香柿子红，金风送爽洗苍穹。无为一蹴获殊荣。
天井山中嬉碧水，万年台上看苍松。江南江北友情浓。

作于二〇一七年

安徽省诗词学会、秉烛诗书画联谊会莅临工山采风

菊花美艳桂花香，一览工山秋色长。
峰岭斑斓融画意，梯田齐整列诗章。
挥毫狂草风云动，泼墨生描锦绣扬。
今日有缘春谷聚，明朝分手各一方。

作于二〇一九年

贺铜陵诗词学会成立三十周年

铜陵文脉溯源深，薪火相传足可珍。[①]
金殿呈联佘进士，澜溪挥笔楚骚人。
五松山秀酿诗意，天井湖清净客心。
江水傍城千载润，欢歌盛世沐朝暾。

注

①清代铜陵举人佘合宗赴京赶考，适逢康熙皇帝五十大寿，佘合宗送呈寿联："四万里皇图，伊古以来，未有一朝一统四万里；五十年大寿，从今而后，还余九千九百五十年。"康熙大悦，钦赐进士，加封十府道台职。澜溪为铜陵大通镇古称（又称鹊头镇）。战国时楚国屈原第三次被贬流放到陵阳（今青阳县），经铜陵大通中转。在流放的九年间，屈原常到铜陵大通，写下《哀郢》等名篇诗作。

作于二〇一八年

浣溪沙·贺芜湖月光诗苑成立三周年

同志投缘携手行，三年搦笔亦留名。云帆直挂驾长风。
雪色岩梅生烂漫，月光诗苑映清灵。欢歌盛世颂安平。

作于二〇一九年

题工山镇桃园村

工山余脉抱家园，溪水淙淙一路喧。
丹桂播香三秋景，桃花惊艳二月天。
意随野径入幽壑，目眺远峰浮紫烟。
诗记毛公忆陶令，如今四海好耕田。

作于二〇一六年

西江月·春谷公园[①]

与小妹玉琴、小儿文峰一家陪母亲去南陵县春谷公园观光。

旭日霞光朝露，睡莲绿水梅亭。循声望去见黄莺。垂柳岸边娴静。
公瑾沉思携剑，青莲醉卧临风。人文春谷最多情。千载双星相映。

注

①南陵古属春谷县，三国时周瑜（字公瑾）曾任春谷长。周瑜任吴国都督时，曾在南陵县奎湖训练水军；唐代诗人李白（号青莲居士）多次到南陵游历，写下许多名篇。

作于二〇一六年

题表弟赵邦贵所发游三峡图片

堤牵两岸锁蛟龙，数十险滩瞬无踪。
千仞峰崖冬夏异，万年云霭古今同。
昭君照艳香溪水，屈子怀伤郢楚宫。
阅尽沧桑是神女，人间天上共相融。

作于二〇一六年

读表兄秦步胜回忆录《知青磨炼记》

知青下放历时艰，落户农村种麦棉。
防汛保家巡埂上，安贫守道记心间。
不忧命运少青睐，何惧人生多险滩。
绚丽彩虹风雨后，乌云散尽艳阳天。

作于二〇一六年

登玉带楼

虹桥玉带历沧桑，河畔名楼添靓装。①
削翠芙蓉凭指顾，凌空彩练欲飞扬。②
将军挥剑声威壮，供奉题诗气韵长。③
才俊英雄皆已远，登高携友共持觞。

㊟

①玉带桥自古便是南陵景点之一，历代多有名士题咏。

②“工山削翠”是南陵十景之一。明梅鼎祚《工山削翠》诗云：“天半芙蓉争削翠，案头一点是工山。”芙蓉即指大工山主峰芙蓉峰，它是南陵镇山。“凌空彩练”指太白大道上横跨漳河连接南北的弧形斜拉索大桥，是南陵新景点之一，在玉带楼东。

③玉带楼北曾是三国时期吴国大都督周瑜的点将台。唐代李白曾在玉带河上游览赋诗。

作于二〇一六年

行香子·读鲍正启先生散文《嵊泗行》

正启君四十多年前在舟山嵊泗海岛当兵，现以古稀之年登岛寻旧，特别是与战友们回忆那青春热血、豪气干云的难忘岁月，令人意气风发，感慨万千。

海浪相迎。海水多情。忆当年，守岛当兵。钢枪紧握，铁血长城。此巡礁滩，历寒暑，看潮生。

两岸通行。一脉相承。喜今朝，四月风清。杂花绿树，旧日军营。是游人多，九州定，海涛平。

作于二〇一六年

浣溪沙·“中国好人”徐龙

乘客安全心记牢，前行不怕路途遥。人车规范有航标。

取义拾金还事主，挺身斗恶对尖刀。无私纯正亦英豪。

作于二〇一七年

浣溪沙·“中国好人”余翠花

身世贫寒心志昂，勤劳致富有担当。传承善孝敬高堂。
援助孤童成事业，帮扶鳏寡挂心肠。传留桑梓翠花香。

作于二〇一七年

浣溪沙·“中国好人”刘媛

心系农村有夙缘，探行何惧路途艰。青春热血写新篇。
帮助村民寻富裕，融和社会创平安。人生有梦最舒甜。

作于二〇一七年

浣溪沙·山涧野梅

独立浓霜幽谷间，迎风绽放小溪边。朝来夕去看云烟。
香冷不招尘客赏，性清只与故交欢。岁寒三友古今传。

作于二〇一六年

清平乐·南陵寨山李白摩崖石刻遗迹[①]

幽然涧道，黛绿层林茂。深壑危崖遮日照，听见青莲长啸。
大鹏志在高飞，乘风跨马西追。留下华章传世，寨山千古光辉。

注

①李白游历江南，卜居于南陵县丫山的寨山村。唐玄宗召其入京，李白作《南陵别儿童入京》。明代有人将此诗刻石于寨山，1958年因修水库此摩崖诗刻湮灭。

作于二〇二〇年

南昌八一广场有怀

绿树新花金水桥，军旗塔上入云霄。
静听历史风雷动，轻抚栏杆思绪飘。
赣水奔流翻碧浪，南昌举义起红潮。
河山寸寸英雄血，旭日东升华夏娇。

作于二〇一六年

泾县王稼祥纪念馆

男儿立志欲乘风，问道求知曾远行。
血雨飘浮多惨烈，春秋颠沛少安宁。
一身正气非常骨，万里长征留芳名。
花甲之年病沾身，猝然陨落九州惊。

作于二〇一六年

纪念张恺帆先生[1]

投身革命敢担当，囹圄折磨志愈强。
上谏摒私追海瑞，下忧携爱越朱昂。
敞心磊落是君子，殉道涅槃称凤凰。
志士复兴华夏梦，九州今日正飞扬。

注

①张恺帆（1908—1991），安徽无为人，革命家，诗人，书法家。曾是安徽省委省政府主要领导，一心为民，两袖清风。

作于二〇一七年

峨岭完小开展诗歌进校园活动

蓝天绿树映高楼，入耳书声响未休。
运动场中称健将，演播厅里放歌喉。
读研旧韵觅诗意，学用新知开眼眸。
华夏复兴诚可待，欣观此辈立潮头。

作于二〇一八年

西江月·忆昔示静文、文峰二子

犹记少年稚语，追寻古树山村。农忙收稻日西沉。老幼全家上阵。
冬雪青松扬志，春风绿桂成林。花开雁去逝光阴。有志男儿发奋。

作于二〇一六年

浣溪沙·诗词进校园活动[①]

炮仗花红秋色香，演播厅里诵华章。师生互动笑盈堂。
志士登楼千里目，诗人泊夜满天霜。中华文化溯源长。

注

①二〇一七年十月南陵诗词学会在籍山镇完小举办知识讲座。王之涣《登鹳雀楼》中有“欲穷千里目，更上一层楼”，张继《枫桥夜泊》中有“月落乌啼霜满天”，这些都是当时学生诵读的诗句。

作于二〇一七年

读《王氏家训》“言宜慢，心宜善”示次子文峰

观微察内眼光明，去伪留真思路清。
物事研查须细致，问题知晓不空濛。
心怀良善人情顺，德种福田天理行。
国法律条为纲线，政通民畅是安宁。

作于二〇一六年

采石矶太白楼

名楼千古历沧桑，连靠青螺阅大江。
灿灿云霞迎旭日，森森松柏掩祠堂。
诗成句读携灵气，笔落横斜带酒香。
傲对王侯文士骨，才华人品两辉煌。

作于二〇一八年

南乡子·石峰湖忆昔[①]

碧水照山林，对岸炊烟绕小村。漫忆儿时顽劣事，温馨。野径弯弯倍感亲。

老树阅红尘，指认溪流觅旧痕。忽过古稀惊瞬眼，如云。坝上风吹思故人。

注

①石峰湖于一九五九年修建，其时余在工地旁石塘李小学读书。

作于二〇一七年

采石矶林散之艺术馆

明珠镶嵌翠螺山，异宝奇珍世上传。①
笔走蛟龙生紫气，胸生丘壑漾清泉。
举杯共饮谪仙乐，论道同居草圣欢。②
君看庭前硅化木，神形不朽静无喧。③

注

①翠螺山即采石矶之主峰，山麓有林散之艺术馆，藏林散之一生创作之精品。

②采石矶先建有纪念李白的“太白楼”，林散之生前有言：“归宿之期愿与李白为邻。”

③艺术馆庭院内有多株珍贵的史前树木遗骸——硅化木（木化石），借颂先生不朽之艺术成就。

作于二〇一八年

鹧鸪天·对雪有怀

借势携风啸密林，摇苏万物共迎春。银装竹叶池园靓，玉裹梅枝水墨新。

填壑宕，没河津。欲平高下两相匀，乾坤朗照融消日，汇聚清泉成海魂。

作于二〇一八年

浣溪沙·师生欢聚①

冰雪消融春水蓝，风和桃李欲张喧。相逢细认旧容颜。

春谷抒怀携夙愿，曙光入校忆机缘。师生举酒话从前。

注

①与原曙光学生聚会。曙光指当年（二十世纪七十年代）曙光学校。

作于二〇一八年

忆秦娥·旧居竹林

春何觅，东风唤醒千重碧。千重碧，故园长忆，根根佳丽。
温馨细雨融清气，龙须凤尾朝天立。[①]朝天立，林生轻雾，鸟鸣安谧。

注

①清代郑板桥《题画竹》诗："画竹插天盖地来，翻风覆雨笔头载。我今不肯从人法，写出龙须凤尾来。"

作于二〇一八年

题平凉崆峒山

峥嵘峰岭沐朝阳，突入云霄是莽苍。
才俊题诗山壮色，名家模画地增香。
平台空旷林花近，深壑清幽涧水长。
王母已行空殿在，轩辕问道话沧桑。

作于二〇一八年

悼念南仁东

求知祈愿九州兴，坎坷踏平攀顶峰。
万里深山勘场地，满腔鲜血写忠诚。
心怀宇宙一生事，人领中华千古名。
天眼告成君驾鹤，魂兮探秘太空行。

作于二〇一八年

端午有怀屈原

榴花如火照端阳，艾叶驱邪粽子香。
白起攻侵荆楚地，屈原投进汨罗江。
离骚灵秀称诗祖，哀郢悲凄思故乡。
五月杜鹃啼碧血，声声点点诉衷肠。

作于二〇一八年

板石岭赏桂

金风拥抱谷中村，银杏半黄岩桂新。
云气氤氲涂翠色，虬枝偃蹇阅红尘。
嫦娥丽影千年伴，柳永华章众口吟。
伫立寒秋抒古意，任随桃李领阳春。

作于二〇一八年

读李小文先生《金婚回眸》

生于战乱叹艰辛，襁褓幸入李氏门。
问道求知唯奋进，登台授业不沉沦。
弱冠花信两情悦，鲐背荆钗一世亲。
携手共观秋色美，回眸风雨感怀深。

作于二〇一八年

生日留句

二〇一八年农历十月初三，家人为我生日在玉带楼酒店聚会。

三代同登玉带楼，霓红闪烁醉人眸。
一堂挚爱尽相贺，七秩闲翁何所求。
读赋静心消暑夏，观鱼着意弄清秋。
独行山径寻幽壑，常伴夕阳看野鸥。

作于二〇一八年

南陵中学一九六六届初三（3）班同学毕业五十周年

丹桂飘香菊又妍，光阴荏苒不回还。
东南西北聚春谷，春夏秋冬忆旧年。
执手端详神采在，谈心知晓子孙贤。
曾经坎坷如流水，今日幸逢尧舜天。

作于二〇一六年

南陵中学一九六六届初三（3）班同学聚会

秋风洗茂林，金桂送香馨。
春谷同窗聚，白头忆旧痕。

作于二〇一八年

浣溪沙·师生聚会

临近重阳菊正馨，南陵相聚尽瑶琨。满堂笑语旧乡音。
难忘一生桑梓好，长思三载感情真。浸怀往事亦销魂。

注

原曙光学校初中部师生聚会，由姜邦本先生主办。

作于二〇一七年

与李四平君拜见程志生老先生，蒙其赐家宴

九旬聪睿慧根长，论道谈诗中气昂。
自煮自烹凭自悟，心思心爱任心扬。
居中落座皆朋友，堂上往来多凤凰。
或道苍龙还唤雨，常观老树著花香。

作于二〇一八年

望 雪

朔风呼啸舞晶莹，曲线空浮认岭峰。
玉树千枝生画意，琼田万顷动诗情。
登楼天地四周阔，放眼河川一色平。
但愿九重加凛冽，狐蛇腐鼠匿身形。

作于二〇一八年

悼核物理学家于敏

扬帆书海向天涯，邃密群科人尽夸。
隐姓埋名谋利器，迎风沐雨咽尘沙。
攀登不惧熬长夜，砥砺何曾顾小家。
志士同仁齐奋斗，山河壮丽大中华。

作于二〇一九年

读《傅雷家书》

爱意浓浓语亦温，殷殷叮嘱做人真。
光明坦荡自身正，严谨家风传子孙。

作于二〇一八年

白衣天使林巧稚

万婴之母不虚夸，奉献终生舍小家。
名利如烟身外事，胸怀大爱灿如霞。

作于二〇一八年

谭嗣同殉难一百二十周年

复生名字世人详，划破夜空光焰长。
西北从军经坎坷，东南任事历风霜。
丹心甘洒一腔血，青史永垂千载香。
承续前贤开伟业，神州今日创辉煌。

作于二〇一八年

左权将军墓

岂容强盗犯神州，鏖战山西热血流。
亘古太行知往事，将军忠烈壮千秋。

作于二〇一八年

蔡元培

兼容理念见胸襟，思想开明破旧尘。
原是前清名进士，投身教育有斯人。

作于二〇一八年

闻一多纪念馆

诗人学者亦书生，著述齐身集大成。
唤醒人民称战士，一腔热血洒昆明。

作于二〇一八年

读李清照词

南渡思乡词色忧，黄花人瘦写离愁。
生逢乱世家何在，字字泪珠千古流。

作于二〇一八年

读李白诗集

男儿学剑览群书，举酒交游泛五湖。
满腹经纶遭坎坷，归田济世两踌躇。

作于二〇一八年

江苏东台粟裕将军纪念园

横戈驰骋战功多，血雨腥风志未挪。
坚毅善谋长胜将，挥军淮海定中原。

作于二〇一八年

读《聊斋志异》

柳泉居士写狐妖，形象通灵亦美娇。
融进真情扬正义，一家独树逸才高。

作于二〇一八年

开县刘伯承元帅故居

立志从戎欲救民，川中名将九州闻。
群雄逐鹿乾坤定，冯异避功传古今。

作于二〇一八年

清平乐·至桃园村拜谒王家荣烈士墓[①]

松涛呼啸，花艳朝阳照。青冢香茎流水绕，四处山围竹茂。
从戎走进风烟，救亡守卫家园。洒尽一腔热血，英名永在人间。

㊟

①王家荣烈士，新四军军医，1941年皖南事变突围后被地方反动民团暗杀，年仅21岁。王家荣烈士为王苏陵女士的伯父。

作于二〇二〇年

读辛弃疾词

仗剑挥毫写壮词，栏杆拍遍动乡思。
点兵沙场常回梦，身在带湖插柳枝。

作于二〇一八年

读《苏东坡》

出川初露动京师，字字明珠世上稀。
挥笔大江穿赤壁，寻春竹外写桃枝。

作于二〇一八年

《一代廉吏于成龙》观后

初理罗城百姓安，武昌平乱定烽烟。
勤劳治事人称道，卓异贤廉青史传。

作于二〇一八年

“将军农民”甘祖昌

将军百战静烟尘，脱下戎装耕野村。
不忘初衷唯奉献，生前去后亦留馨。

作于二〇一八年

读杜甫诗集

壮怀功业有初心，乱世漂萍坎坷身。
沉郁浑融诗史在，穷年笔底叹黎民。

作于二〇一八年

清平乐·南京曹雪芹纪念馆

秦淮香秀，佳日携诗友。画舫徐行春水皱，淑气啼莺新柳。
繁华过尽谁怜，空余荒草西园。回首人生如梦，《红楼》后世流传。

作于二〇一八年

浣溪沙·北京老舍纪念馆

目睹中华衰败时，图强发奋广求知。救亡已任未容辞。
《四世同堂》称巨制，《骆驼祥子》话悲凄。风烟散尽忆宗师。

作于二〇一八年

南乡子·绍兴陆游故居

拔剑舞秋风，大散关前铁马鸣。收复中原偿夙愿，终生。不斩天骄意不平。

椽笔写心声，壮志昂扬万古名。惆怅沈园伤柳老，多情。飘逸雄浑是放翁。

作于二〇一八年

卜算子·读《画家徐悲鸿》

海外采芝兰，融会中西势。特立孤行勇创新，沥血荣桃李。

彩墨自浑成，骏马扬英气。猛鹫雄狮意匠心，陨落悲徐子。

作于二〇一八年

西江月·湘潭齐白石故居

三万画图惊世，三千诗赋流馨。墨虾花鸟尽传神，篆隶工书治印。
起在探寻承旧，成于转改求新。湖湘文化浸淫深，变法衰年精进。

作于二〇一八年

合肥包公园有怀

名贤立世静从容，国事筹谋慧且忠。
正纪曾经弹宰相，反贪何惧犯皇宫。
端州不取一方砚，河北放耕千户农。
请命为民垂史册，朝朝代代盼包公。

作于二〇一八年

吴孟超院士

复兴华夏志悬壶，肝胆外科筹建初。
奖掖青年帮教带，宗师百岁在征途。

作于二〇一九年

步韵奉和王苏陵女士《寻觅》

寻故追源心切切，江南还著旧时花。
老翁细说当年事，满座沉思长叹嗟。

作于二〇二〇年

第二编

秋游太平湖（二首）

一

秋深气爽彩云闲，崖上野花开尚妍。
苍翠千峰浮碧水，深幽万壑泛青烟。
文公石刻立湖畔，弘祖题诗到眼前。①
一叶轻舟行渐远，夕阳西下鸟飞旋。

注

①宋代朱熹，世称文公，后人将其题词“秀荫”刻石于湖畔。明代徐霞客，字弘祖，曾游历黄白二山，多有诗文。

二

游船载客向湖中，万顷划开秋意浓。
众鸟栖沙梳翠羽，群峰排闼啸苍松。
千年古邑藏湖底，一抹斜阳照水中。①
暮霭轻虚遮岸树，亭台缥缈似天宫。

注

①太平湖底沉有千年古邑——广阳城。

作于二〇一四年

郝亚国、李娅伉俪宴亲友于天井湖酒店

天井湖旁柳笼烟，水如明镜照红颜。
轿车来往鸣声脆，酒店毗邻飞鸟欢。
金碧辉煌疑幻境，轻歌缭绕在人间。
青莲畅饮题诗处，指看青松窗外山。

作于二〇一四年

与王德发先生游铜陵凤凰山

春山妩媚喜相迎，扑面花香淑气升。
滴水崖前飞玉片，凤凰石上印仙灵。
牡丹白素溶明月，芍药红娇拥彩亭。
隔岸怀春连理树，干枝亲吻见浓情。

作于二〇一四年

蝶恋花·麻桥联山竹海

竹篁摇风香气漫。仙境神怡，新叶撩人面。老笋俯身横窄涧。浪花溅起溪流旋。

野鸟清音鸣耳畔。难睹芳容，只见枝儿颤。四望无垠浮翠靛。忽然一角禅林现。

作于二〇一四年

题板石岭千年丹桂万亩竹海

千年丹桂漫天香，万亩竹林龙尾扬。
秋色怡人心气雅，浓馨澄绿入诗章。

作于二〇一四年

渔歌子（四首）

春 钓

油菜花开映柳塘，轻拎纶线鳜鱼长。
蜂采蜜，燕飞翔，清心只在钓春光。

夏 钓

头顶繁星早起忙，晨曦抛饵汉河浜。
知了唱，柳条长，持竿树下买荫凉。

秋 钓

八月秋高放线纶，草鱼金鲤隐香荪。
丛桂放，老枫皴，诗情画意个中人。

冬 钓

雪后持竿伴友人，清灵一色了无尘。
冰释处，钓钩沉，烹鱼答韵共金樽。

作于二〇一四年

至熊诗胜家

窗户望明塘，闲鹅四五双。
野藤扶老树，飞鸟掠残阳。
一垄芫荽碧，三杯古井香。
高低皆是画，恬淡亦悠长。

作于二〇一六年

丫山珠帘瀑布

珠帘瀑布挂晴空，山色层层草木葱。
阵阵天风穿水幕，迎来日照巧生虹。

作于二〇一四年

丫山九龙洞

灵蛟不见雾深深，水似雷鸣岭外闻。
布雨行云从此去，游人洞壁看龙鳞。

作于二〇一四年

早晨丫山道中白玉兰

玉立冰清靓女馨，春风柔抚沐朝暾。
佳人未醒温柔梦，过客轻行爱意深。

作于二〇一四年

丫山蟾蜍观天石

本在月宫修自身，忽听人世有妖蚊。
化成灵玉镇邪恶，庇护千家惠万民。

作于二〇一四年

丫山下宕村孙家

白墙黛瓦水潺湲，四面青峰起紫烟。
此姓门中多俊士，英雄自古赞孙权。

作于二〇一四年

丫山南陵湖

冈陵顶上有龙山，一夜平湖现岭端。
波动水清人诧异，飞来塔影映青天。①

注

①龙山村，位于丫山之顶。传说，一夜之间，村中某处下陷成湖，碧水一湾，在水中映出塔影。

作于二〇一四年

清平乐·丫山红牡丹

春观何处。花满丫山路。袅袅婷婷携淡雾。怜爱游人驻步。
浓妆明艳温馨，含情微启朱唇。脉脉欲言还止，低头恰似娇嗔。

作于二〇一四年

游德山寺

出南陵县城向西七八里，有一片丘陵，德山寺便在此丘陵之中。阳春三月，吾独前往，无游人香客，且庙门关闭（后来听说是隔日一朝），从窗户看见庙堂内众多菩萨塑像俨然肃立，颇为庄严。

小寺门关香火稀，青松郁郁草鲜萋。
心诚何必九华去，此处悟禅颇适宜。

作于二〇一四年

清平乐 · 至章国强先生家桃园

艳阳高照。夹道鸣黄鸟。灿若红云宜远眺。花满山头山坳。
倾心添彩春天。无须显贵名喧。一任落英流水，还留硕果人间。

作于二〇一四年

清平乐 · 访汪克非先生家

克非君父亲汪炎亮老先生，已去世两年。老先生是我敬重的师长，当年我作诗向他求教的情形，历历在目。

榴花红灿。山路随形转。小院篱笆都未变。还有池中菡萏。
庭前枣树新枝。挥毫写就新词。花落花开天意，举杯怀念先师。

作于二〇一八年

临江仙·叶村旧宅遗址

与小妹玉琴、小儿文峰陪母亲回西乡高塘叶村老宅。其处大部分已被拆，仅存三四户人家，到处断墙碎瓦，草树遍生。我们曾在这儿生活了几十年，父亲、大妹、弟弟他们已经永远地离开了我们，他们再也看不到曾经的故乡了。

寻觅故居惊变样：废墟野草充盈。危房薜荔绕窗棂。空荒生楮树，断壁立黄莺。

昔日此居多热闹：大年春酒乡情。垂髫炮仗挂红灯。父兄皆逝去，思绪似长风。

作于二〇一八年

浣溪沙 · 滁州琅琊寺

宝刹煌煌掩茂林，泉声绕寺过山门。游人脚下起氤氲。
佛殿珍藏称贝叶，道玄精绘有观音。深幽清静远红尘。

作于二〇一七年

滁州醉翁亭

让泉欢快响叮当，透过幽林见粉墙。
峭壁一亭飞鸟翅，贤堂二圣贬滁郎。
欧文苏字称双擘，曲水盘梅回九肠。
为政风流万民乐，斯人千载有余香。

作于二〇一七年

与王德发先生游休宁（三首）

登齐云山

登封桥下碧波流，松翠枫红时正秋。
太素道观皇帝敕，真仙洞府释儒俦。
唐寅偏爱霜林静，弘历尤褒白岳幽。
石破青天人叹异，横江舟动似沙鸥。

下晚入住齐云山上月华街欣子楼

登楼远岫起云烟，峰岭参差落日残。
向道传闻真武帝，成神指看小壶天。
一盅醪酒游人品，万壑松风飞鸟还。
瀑布清灵能洗欲，心无杂念静尘喧。

休宁县状元博物馆

东南邹鲁不虚传，巨擘名家历可观。
金榜题名知戴震，鳌头独占有黄轩。
修身饮誉垂今古，明志守心思圣贤。
刻苦精神昭后世，复兴华夏写新篇。

作于二〇一八年

踏莎行·访农家

路转平冈，人行林道。馨香桂子花繁茂。小楼竹动散炊烟，客来惊起闲鸡叫。

桌上茶香，门前菊俏。举杯共庆收成好。九州兴旺万民安，种田无税农人笑。

作于二〇一七年

繁昌孙村掠影

红花峰顶看江天，大道纵横丛岭间。
混沌初开人字洞，奇崖幽壑马仁山。

作于二〇一七年

酬秦步旺表弟邀游太平湖

此次我们登临陈村大坝入太平湖，因小雨天气，少有游人，仅我们一叶小舟在湖中游弋。

桃花细雨伴车行，春麦新枝绿意盈。
大坝登临胸次阔，小船游弋水波明。
四周乳雾峰无顶，几处青螺岛有英。
俊秀幽深无止境，尘嚣离远静心灵。

作于二〇一七年

邂逅季昌达先生呈正

十九年前识季君，举杯豪饮气如云。
今朝邂逅性情在，连道有缘加满樽。

作于二〇一七年

浣溪沙·与王德发先生游池州杏花村[①]

三月杏花香沁人，小桥碧水笼氤氲。声声淑鸟闹春深。
黄井琼浆蒸秘酿，清明绝唱共诗魂。古村盛世又扬新。

注

①相传池州杏花村黄家有一口老井，人称“黄公井”，井水甜，用其酿成的杏花村酒，誉满天下。唐代诗人杜牧任池州刺史，写下了脍炙人口的《清明》诗，诗中有句“牧童遥指杏花村”，为杏花村扬名千古。

作于二〇一七年

浣溪沙·登安庆振风塔

千古大江奔未休，风铃入耳记春秋。艳阳高照柳丝柔。
吴楚风光收眼底，元明战事上心头。宜城今日正风流。

作于二〇一七年

游胡闻庆先生蝌蚪山农庄题赠

桂镇深藏蝌蚪山，雕梁画栋掩其间。
通幽曲径闲花落，排闼虬松野鸟喧。
射的乌霞涂晚照，杨村高岭漾轻烟。
缤纷五彩画图里，到此游人便是仙。

作于二〇一七年

题大浦乡村世界

楼台亭榭映清蓝，曲径小桥垂柳连。
衢道前方通闹市，蒲河后侧绕佳园。
晶莹碧绿仙人掌，俏丽鲜红宝岛兰。
巧胜天工多赞叹，观光农业写新篇。

作于二〇一七年

浣溪沙·游大浦

杨柳温馨拂脸庞，八方珍异此中藏。争奇斗艳尽芬芳。
满架葡萄凝粉黛，一泓碧水漾珠珰。亭中挥笔画斜阳。

作于二〇一七年

浣溪沙·铜陵梧桐花谷

与建斌、建武、建芬、成康、建平、建亮等去水村，经过此地，有作。

桃李牡丹次第开，锦鳞戏水乐徘徊。香樟翠绿掩亭台。
丽日山岚收眼底，浓情画意入胸怀。梧桐花谷凤凰来。

作于二〇一七年

浣溪沙·麻桥锡铂山庄

巧借山形气势昂，清泉雅室画廊长。紫薇银杏挽斜阳。
四处青峦生暮霭，一条野径过山冈。老夫临此忆沧桑。

作于二〇一七年

一剪梅·郭来喜同学移居霭里邀游

溪水深情牵芷蒿，峰岭招云，如带飞飘。梯田翠绿顺山排，满目清新，画里难描。

六月荷花雨后娇，弥漫幽香，蝉唱杨梢。读书写字静心扉，种豆浇园，其乐陶陶。

作于二〇一七年

偕李月贵、杨翠华访龙川胡氏宗祠

龙山对望凤山云，河水清幽古渡津。
定位先人称慧眼，修祠后代耀星辰。
桥头指认船形地，岭下围居进士村。
气脉堪舆难可信，家风纯厚却明真。

作于二〇一七年

秋后喜雨

二〇一七年夏季高温久旱，直到立秋过后方才得雨。

常言秋雨似黄金，天降甘霖却是真。
扫荡八垠消暑气，淋漓万物洗浮尘。
四周高矮远山淡，一树青红硕果馨。
芦苇斜横欣冒穗，媪翁皆是画中人。

作于二〇一七年

清平乐·板石岭赏桂树

二〇一七年十月十八日与繁昌诗友去板石岭游览，其时桂花已谢。

桂花开尽，桂树余清润。卸去浓香人少问，竹翠山青同韵。
荒坡幽谷生根，经风沐雨修身。花落叶荣随意，唯留一片纯真。

作于二〇一七年

繁昌平铺周瑜水军点将台

猎猎旌旗拥将台，如云猛士战船开。
兵联刘汉击曹魏，千古周郎仗剑来。

作于二〇一七年

黄墓古渡口

漳河无语水东流，萧瑟今朝古渡头。
元宋台阶残砌在，熙熙昔日客盈舟。

作于二〇一七年

黄墓渡大桥

千年南北少通途，洪水盈河五月初。
今日一桥飞架起，牵连两岸万民舒。

作于二〇一七年

黄墓老街

街头字号见依稀，黑瓦青砖薜荔栖。
人脉迁行他处去，悠闲此地住家宜。

作于二〇一七年

黄盖墓

忠心一世辅三孙，春谷有情留战神。
碑毁冢平青史在，英雄千古气干云。

作于二〇一七年

临江仙·西河古镇

古镇千年情韵在，灰砖青瓦安怡。沿堤连片紧偎依。秋风吹岸柳，极目水枯低。

昔日码头迎过客，船来人往熙熙。龙门饭店醉迷离。菊花香古道，叫卖有红衣。

作于二〇一七年

临江仙·铜陵大通镇怀古

江水多情依古镇，婀娜岸柳馨香。街边老店马头墙。石头铺巷道，岁月打磨光。

屈子曾经临此地，抒怀挥笔华章。周瑜点将帅旗扬。迎风排战舰，吴楚好儿郎。

作于二〇一八年

游五华山见昔年学生汪国萍女士

花年稚嫩著红装，发奋求知志气昂。
转瞬眼前成过去，师生相见细端详。

作于二〇一八年

临江仙·铜陵大通古镇掠影

五彩朝霞涂渡口，三三两两轻舟。来来往往不停休。街头多买卖，吆喝也温柔。

黑瓦老墙生薜荔，灰砖窄巷深幽。千年江水洗春秋。淡怡随处是，简朴古风留。

作于二〇一八年

减字木兰花·杭州半山虎山公园

山依碧水，佳木葱茏相映翠。一抹朝阳，透进湖心波影长。

园中花卉，艳丽珍奇称百媚。垂钓湖光，桂柏樟松四季香。

作于二〇一七年

游泾县桃花潭景区（五首）

宝峰岩

数峰颀立秀青天，瀑布飞流云雾间。
书院残基寻可见，婆娑竹树照龙潭。

桃花潭

桃花十里泛红云，碧水涟漪古渡津。
潭映双星成胜地，游人到此吊诗魂。

桃花潭老街万家酒店遗址

梁斜瓦碎掩蓬蒿，空店闭门唯寂寥。
昔日青莲频举樽，挥毫率意写妖娆。

汪伦墓

桃花潭畔缀坟茔，千载汪伦留姓名。
诗酒结缘成挚友，泾川增色有双星。

怀仙阁

山亭古朴掩桃花，翠绿丛生傍陡崖。
江水千年流不断，诗仙挥笔起云霞。

作于二〇一七年

鹧鸪天 · 繁昌五华山

峰岭深蓝一色娇，白云丽日鸟逍遥。山围僧寺生青霭，风动坡林起绿涛。

观音洞，隐龙桥。几多神话到今朝。千年古道文星过，天籁梵音耳际飘。

作于二〇一八年

游秋浦酬金贤勇、金贤水兄弟

岭上杜鹃浮血红，生机荡漾尽葱茏。
天桥旷阔氤氲色，溶洞神奇造化工。
汩汩泉流穿雾壑，森森岩树挂晴空。
游人访古缘溪畔，指认青莲卧此中。

作于二〇一七年

一剪梅·杭州半山

白鹭翩翩过茂林，山岭重重，黛色深沉。绿拥塔顶似舟行，绽放繁花，沐浴朝暾。

神庙娘娘旧址存，遥想当年，朝拜如云。东坡游览见遗踪，栈道悠长，寻觅诗痕。

作于二〇一八年

赏春梅有怀

三月艳阳淑气馨，东风黄鸟送佳音。
枝间嫩叶冬寒远，树上繁花春韵深。
桃李相携皆好友，松兰作伴共芳邻。
佳人风范诗家赞，不借清高性自真。

作于二〇一七年

登杭州半山望宸阁

阁借山巅入碧空，钱江一线有无中。
西湖如镜照千古，多少衰亡多少荣。

作于二〇一七年

三峡大坝远眺

坝锁蛟龙亘古无，江天一色远山浮。
平湖千顷游船动，神女惊观世界殊。

作于二〇一七年

三峡人家

渔船停靠树荫旁，石径蜿蜒伴大江。
崖畔姑娘歌对唱，楚风巴韵是珍藏。

作于二〇一七年

卜算子·咏杜牧与苏柳云

岸柳舞东风，江水流清亮。一见佳人爱意生，过目情难忘。
为爱入空门，守爱青灯傍。杜牧诗心写柳云，遗韵千年唱。①

注

①据传杜牧在二十八岁时经南陵弋江去宣城赴任，结识了青楼歌女苏柳云（泾县黄田人）。杜牧《宣州送裴坦判官往舒州，时牧欲赴官归京》云：“日暖泥融雪半消，行人芳草马声骄。九华山路云遮寺，清弋江村柳拂桥。君意如鸿高的的，我心悬旆正摇摇。同来不得同归去，故国逢春一寂寥。”借送朋友之诗而抒发对柳云姑娘之爱意，在诗中嵌入了柳云的名字。后来杜牧给柏子庵题写匾额时，因苏柳云在场，下笔分神，把“柏”字写成“柳”字，把“柏子庵”写成“柳拂庵”，是为恋人而错题。杜牧死后，苏柳云入柳拂庵为尼，终身未嫁。

作于二〇一九年

游弋江古镇

青弋波光染眼眸，珩琅山影伴轻舟。
题诗杜牧江楼远，问道稼祥祖舍幽。
窄巷老街寻古韵，艳阳淑气唱新鸥。
长桥飞架凌空起，时正花红绿亦稠。

作于二〇一九年

过宜昌，有客谈抗战期间宜昌保卫战

江涛拍岸未曾停，难忘当年枪炮声。
昔日狼烟鏖战地，红花绿柳遍夷陵。

作于二〇一九年

重庆解放碑

丰碑耸立壮千秋，元帅题名青史留。
华夏精神终不灭，坚贞铁血是渝州。

作于二〇一九年

重庆歌乐山森林公园

歌乐灵音记禹王，烟云笼树鸟飞翔。
一泓碧水闲垂钓，千载名家字句香。

作于二〇一九年

重庆歌乐山烈士陵园

如磐风雨九州沉，志士英豪不顾身。
今日祥和花竞放，青春作伴悼忠魂。

作于二〇一九年

临江仙·重庆万灵古镇

背靠群山前照水，古榕窄巷朝暾。石头街道印车痕。千年城垛在，井畔绿苔深。

吊脚楼中藏岁月，春花冬雪秋音。悠然极目忘纷纭。地偏人事远，空翠净凡心。

作于二〇一九年

临江仙·张友华邀至宣城水阳垂钓

曙色熹微忙赶早，驱车百里垂纶。一泓碧水不知深，轻波连淡雾，古朴见山村。

网篓系牢枫树下，红花青草流云。此生常做钓鱼人，定神无外念，端视静身心。

作于二〇一九年

酬谈正衡先生赐其新作《芙蓉女儿》

东南战乱话陵阳，长卷殷殷史料详。
刘氏宗祠存气势，徐家大院印沧桑。
无邪惊艳芙蓉女，有意结缘春谷郎。
风土人情收眼底，精描众相笔生香。

作于二〇一九年

浣溪沙·游工山镇天官村[1]

幽径逶迤缘小溪，古枫偃蹇展虬枝。榴花开后草鲜萋。
寺庙祥和昭盛世，田园秀丽赋新词。天官欣喜赞安怡。

注

①天官村因历史上有过一位朝廷的天官而命名，现已无从考证。天官村现有一座颇具规模的庙宇，名为“天官山寺”，简称“天山寺”。

作于二〇一九年

巫峡看神女峰

十二峰中人最夸，亭亭玉立著轻纱。
春思碧水长相伴，千古瑶姬貌若霞。

作于二〇一七年

添字浣溪沙·赠陶善真先生

在富城大酒店参加谈怡中先生小说《茨山庵》发行庆祝晚会，适逢善真先生。

初放华灯五色馨，酒楼缥缈起氤氲。雅室幽兰故乡客，遇陶君。
淡静谦和交友善，坦诚磊落做人真。约定明春临戴汇，访乔村。①

注

①善真先生老家在原戴汇镇乔村。

作于二〇一九年

第三编

二十四节气歌

立 春

东风解冻物华新，斗转星移又立春。
一树樱桃花已著，吟诗抚卷浴朝暾。

雨 水

霜期已去雪难飞，雨水增多雁又回。
菜麦夭夭天地润，平芜望处草芽微。

惊 蛰

春雷乍动震人寰，蛰睡青蛙欲见天。
柳眼惺忪亲绿水，农妇坡上整茶园。

春 分

桃花绽放笑东风，时到春分昼夜平。
栽下青松铺地绿，他年挺立向清冥。

清　明

梧桐招展著繁花，茶树青黄透新芽。
吹面和风携细雨，南山扫墓有人家。

谷　雨

杨花飞舞落沉塘，满树樱桃任客尝。
百谷雨生思古训，红苕插种老农忙。

立　夏

花浓叶茂两相宜，万物欣欣放眼萋。
一抹青山天际挂，林中竹笋褪毛衣。

小　满

麦穗摇风正灌浆，榴花似火吐芬芳。
春蚕成茧杨梅小，静淡怡然诗意长。

芒 种

农家芒种两头忙，割麦锄棉又保墒。
桑椹味甘称圣果，生津益肾润肝肠。

夏 至

树头知了唱高声，雷雨去来随意行。
塘坝水边生半夏，早稻扬花动微风。

小 暑

梅雨挪离热气来，南山遥看暮云开。
飞萤点点扑人面，蟋蟀齐鸣到宇台。

大 暑

云雨挟风水起烟，转身消去又鸣蝉。
浓荫匝地真凉爽，满苑荷花格外鲜。

立 秋

暑气欲消时渐秋，金风阵阵过田畴。
村边枫叶青红半，满地高粱低下头。

处 暑

谷禾登场暑行消，红枣纷呈缀树梢。
心旷神怡秋色好，彩云追月望迢迢。

白 露

飞来鸿雁感天凉，白露凝珠种麦忙。
木本芙蓉多艳丽，芦花飞絮亦播香。

秋 分

高天寒树伴沙鸥，丹桂飘香夜未休。
踏月闲行寻古寺，吟诗携友溯江游。

寒露

重阳作伴紧相连，携酒登高古庙残。
夹道菊花开正艳，四周云脚共苍山。

霜降

平芜见处草枯黄，叶上清晨有早霜。
寒气升腾河水冷，萧疏槐柳卸华妆。

立冬

野外菊花尚傲霜，农家谷物尽收藏。
红曲新酿品醅酒，碧玉盘中橙子香。

小雪

白雾濛濛雪欲飘，残荷擎立雨潇潇。
老榆惆怅枝空舞，只待明春再美娆。

大　雪

漫天飞舞展轻盈，万物沾融尽秀灵。
冬麦喜迎棉盖被，冰心一片亦多情。

冬　至

夜长昼短今朝最，数九寒天已到临。
春去冬来如过隙，雪中杨柳待萌馨。

小　寒

窗前翠柏立寒冬，案上水仙香气浓。
写就新词思挚友，隔山隔水两心同。

大　寒

樟树枝头雪未消，寒梅竞放带春潮。
幽兰一箭清香溢，指日满园垂绿绦。

作于二〇一九年

西江月·观刘福生先生文物展览

满目琳琅惊叹，一房珍宝稀奇。西周炉具坐狻猊。东汉方天画戟。
汗血鎏金神马，陶瓷染彩雄鸡。青铜菩萨驾熊罴。智慧中华技艺。

作于二〇一六年

醉花荫·河畔野蔷薇花

河畔一丛开有韵。靓影清波浸。摇曳向东风，此地荒郊，寂寞无人问。

冲寒抗雪迎花信。只待春风吻。万物有常伦，自命平凡，心静何须愠。

作于二〇一六年

对雪忆昔有感（二首）

一

飘飘洒洒旧时雪，曾记濛濛竹树林。
门外小园梅怒放，此番空对忆良辰。

二

填平趺宕杳无痕，杨柳冲寒又吐馨。
日月转轮原本此，严冬过后是阳春。

作于二〇一六年

一剪梅·至谈兵老先生家

三月和风杨柳飘。绿水微漪，倒影浮桥。菜花一片泛金黄，画里村庄，闸口春娇。

旧友新朋兴致高。老少相投，挥斥神聊。临行约定再来时：九月重阳，把酒逍遥。

作于二〇一六年

丫山牡丹

牡丹三月抱春开，国色天香一处来。
万叹千思惊造物，斯花只应在瑶台。

作于二〇一六年

题丫山

青峰朵朵似荷莲，绿水淙淙云雾间。
学士寨山留雅韵，韦公宝刹访幽泉。
姚黄何必洛阳看，魏紫应该春谷观。
和煦时光荣万物，无垠新翠任流连。

作于二〇一六年

奎湖垂钓

三月春和，垂钓奎湖。望远处村落浮烟，近岸杨柳照水，听老人细数奎湖之历史传说，有作。

春和淑气野花红，遥望奎湖百汊通。
一线钓钩连碧水，七星墩岛缀晴空。
练兵公瑾战旗绚，举酒青莲诗兴浓。
文采风流磨岁月，芦芽又透觅遗踪。

作于二〇一六年

忆旧（九首）

初夏对雨久坐，忽忆旧日之事。

一

烟雨潇潇飞鹭鸥，青枝绿叶满田畴。
落花追挤小河满，似水年华在眼眸。

二

挑多跑快老农夸，休道肩酸膝盖麻。
做事静心磨意志，城中武斗任随他。

三

农村七月倍加忙，夜里挥镰趁月光。
预报近期阴有雨，晴天晒谷好交粮。

四

忝任民师苦乐知，投身教育正逢时。
清晨赤脚下田去，上课先揩身上泥。

五

纷纷大雪断房梁，期末开评在课堂。
疏导学生逃有序，有惊无险少人伤。

六

酒宴排开喜气深，平民子弟入龙门。
满杯举向老师敬，家长虔诚一片心。

七

暮雪纷纷天不开，二三同事叙心怀。
萝卜白菜一杯酒，此景常常入梦来。

八

乌云卷雨炸雷轰，五月汛期忙泄洪。
山水滔滔冲大坝，同心戮力战蛟龙。

九

建好村村教学楼，遵行普九走前头。
上边指示不容否，乡镇财经无法筹。

作于二〇一六年

题陈功先生竹画（二首）

一

新枝气势昂，解箨沐朝阳。
春日青葱绿，严冬顶雪霜。

二

潇洒傲然枝，凌云志不移。
冰清凝碧玉，直性乃人师。

作于二〇一六年

寄万相政同学

秋色阑珊暮雨沉，惊闻学友逝夫君。
缘常聚散花常谢，人有悲欢月有阴。
百岁媪翁终驾鹤，千年松柏亦归尘。
静心爱恨坦然过，唯愿释怀惜自身。

作于二〇一六年

麻桥访友不遇（二首）

麻桥石峰水库之畔，有一小学同学，已数十年未见，特去寻访，不遇，甚憾，记之。

一

石峰水库贮清幽，斜径蜿蜒过岭头。
路口问人寻故旧，田翁指看那山陬。

二

转下平冈见小楼，疏栏半掩野花秋。
不知庄主何方去，红叶迎风语未休。

作于二〇一六年

西安组诗（九首）

秦始皇兵马俑博物馆

旌旗呼啸卷尘沙，坐定咸阳威有加。
十万雄兵留后世，奔驰疆场保中华。

大雁塔

尚有真经藏此中，千年凝望旧时荣。
题名进士留佳话，身借浮图上碧空。

太液池遗址

太液池中明月圆，高台宫阙入云间。
不闻鼙鼓动天地，拥美君王爱意绵。

终南山

终南峰岭与天摩，千丈幕屏摇碧萝。
李耳骑牛盈紫气，至今云雾满山坡。

大明宫遗址

大唐宫阙入云霄，丹凤门中过紫袍。
昔日辉煌今不见，阶前石缝长茶茅。

华山莲花峰

莲花独向太空开，绝壁千寻似剑裁。
石上青松凝冷色，谷中流水奏琴来。

唐太宗

四方征战亦称雄，薄赋轻徭百姓拥。
万里融和天下定，贞观之治后朝崇。

霍去病

骠姚年少汉皇夸，铁马征程踏雪花。
横扫千军平漠北，匈奴不灭不安家。

汉武帝

泱泱大汉立苍穹，铁马金戈战将雄。
千载君臣永相伴，茂陵英气透长空。

作于二〇一六年

宝鸡组诗（八首）

天台山天柱峰

天台峰柱玉莲奇，中华有根在宝鸡。
炎帝神功多睿智，轻松一夜造天梯。

宝鸡青铜器博物馆

平台五鼎造型奇，万件青铜入眼迷。
胡簋何尊皆重器，中华灿烂世间稀。

陈仓遗址

陈仓暗度取三秦，韩信挥兵气入云。
项羽举戈天下动，千年生死两军魂。

姜子牙钓鱼台

天下宗师为子牙，磻溪垂钓伴桃花。
文韬武略定周室，千载流传说大家。

五丈原诸葛亮庙

常思白帝辅遗孤，大厦难支国运枯。
夙愿未还朝北望，相逢先主亦踌躇。

法门寺

寺塔入云菩萨大，真身灵骨古今奇。
琉璃秘色多珍宝，圣道佛光通向西。

秦　岭

南北江河一岭分，绵延千里问昆仑。
九州之险称奇特，华夏文明此有痕。

过秦岭铁路隧道

千古从来入蜀难，而今南北霎时间。
座中游客正惊叹，回望岭头飘紫烟。

作于二〇一六年

浣溪沙·农家暑天“双抢”

汗浸衣服往下流，晴天早稻适时收。又播双晚未停休。①
老耄留家翻晒场，稚童送水到田头。农时不误抢三秋。②

注

①双晚：双季晚稻（第二季稻子）。
②三秋：指秋收、秋种、秋管。

作于二〇一七年

暑天致南铜线上筑路工人

翻腾热浪高，伏月过双遭。
树上鸣蝉燥，田头稻叶焦。
挥锤犹洒汗，夯土更弯腰。
唯望黄昏后，风雷骤雨浇。

作于二〇一七年

清平乐·赴铜陵东联新村亲友聚会

亲朋召唤。欣喜还携伴。荏苒光阴多感叹，子女长成忽见。
东联营造新村，农家入住温馨。满座举杯同庆，安居乐业成真。

作于二〇一七年

中原至西北访古

一、郑州

发祥始祖九州源，禹舜遗踪随处观。
绝世武功少林寺，人文灿烂巨星繁。

二、洛阳

华夏有根在洛阳，人文荟萃溯源长。
中原腹地誉形胜，魏紫姚黄今古香。

三、西安

西安自古帝王都，八水润城龙脉殊。
秦汉隋唐宫阙在，关中十景是明珠。

四、宝鸡

人祖农耕在宝鸡，太公独钓渭河西。
青铜文化一支秀，佛寺法门天下奇。

五、天水

羲皇故里卦台山，菩萨精雕留世间。
丞相兵营寻可见，曹刘鏖战日光残。

六、玉门关

汉家天子置边城，猎猎军旗战马腾。
笛韵悠长杨柳绿，无垠大漠过长风。

七、兰州

丝绸之路过兰州，穿境黄河奔未休。
西北中心称重镇，玫瑰绝色领风流。

八、黄河

塞上江南赖此河，雄奇峡谷映巍峨。
炎黄始祖经营地，千古奔流润碧禾。

九、阳关

诗家千载写阳关，漫看荒墩烽燧残。
墨客游人同举酒，中华一统百花妍。

十、河西走廊

张骞出使走河西，困顿壮心终不移。
去病扬威边塞净，通途尽见汉家旗。

十一、酒泉

冰川闪烁映朝晖，溪水淙淙穿翠微。
海市蜃楼迎远客，酒泉神品夜光杯。

十二、张掖

丹霞地貌构奇观，古刹巍峨绕紫烟。
水碧草青林海茂，果真张掖比江南。

十三、敦煌

千年文化看敦煌，佛像如生石洞藏。
沙岭晴鸣真妙趣，月牙泉水照红装。

十四、嘉峪关

嘉峪河西杀气寒，屯兵要塞保平安。
冰川耀眼溪流碧，岩画珍奇世上传。

十五、哈密

哈密瓜甜天下闻，伊吾野杏是山珍。
回王陵墓几千载，五堡魔城看鬼神。

十六、吐鲁番

高昌古地有遗城，秋草空摇漠雀鸣。
吐峪谷中菩萨洞，葡萄沟里赏晶莹。

十七、乌鲁木齐

登上红山乌市新，高楼古树沐朝墩。
刁羊赛马刀郎舞，维汉和融共举樽。

十八、火焰山

山头火焰照天明，热浪熏人草不生。
遥指唐僧朝圣路，师徒矢志向西行。

十九、南山牧场

远眺雪峰连碧霄，溪流深邃野花娇。
牛羊漫步悠然见，幽谷轻烟依树梢。

二十、天池

静幽神秘是瑶池，旭日冰峰举世奇。
绿草如茵花似锦，欲寻仙子过清溪。

作于二〇一七年

用韵和项兴甫先生《故乡行》(九首)

千山水库之大坝远眺

千山如玉绣成堆，碧水偎依映翠微。
峡谷汇流拦大坝，无忧旱涝乐心扉。

千山水库之纪念兴甫君父亲

兴修水库为家乡，吃苦耐劳传四方。
喜看秋风吹稻浪，万家欢乐不言伤。

姑嫂石之一

追牛姑嫂太匆忙，一夜狂奔心里慌。
天亮才知衣未著，羞成石像立山冈。

姑嫂石之二

姑嫂相拥情意长，三春草碧野花黄。
秋风红叶年年看，寻到顽牛回故乡。

老庙之一

峡谷南延平地开，满山青翠入心怀。
庙堂肃立神灵在，求子求财求去灾。

老庙之二

前连碧水小溪通，后靠青山挂老松。
樟树婆娑遮寺庙，养生斯处最相融。

接官亭

溪头古道觅残亭，夕照红枫秋意盈。
此地曾经来往客，千年一瞬过如风。

油坊古榉树

老枝新叶向天空，雷劈风吹未改容。
灵气只因时日聚，沧桑变化等闲中。

看棱角丝瓜

秋风飒飒正花黄，奋力攀援气势昂。
万物生成扬个性，高低斜正各芬芳。

作于二〇一七年

二〇一七年夏高温苦旱

骄阳似火地生烟，水坝河塘空对天。
垄上禾苗多槁敝，路旁杨柳尽垂蔫。
高温黄犬频呼气，干旱白鹅畏进栏。
祈盼蛟龙携闪电，倾盆大雨到人间。

作于二〇一七年

大雪路阻，玉琴妹在泾县电话问候母亲

寒冬腊月雪茫茫，九秩母亲身在床。
正是学生期末考，南陵泾县挂心房。

作于二〇一七年

南京留句付长子静文

其 一

勤心努力顺其然，笑对人生不怕难。
电闪雷鸣风雨骤，乌云过后有晴天。

其 二

青松挺立耐风霜，寒暑依然气势昂。
心静何愁前路远，登高一望海天长。

作于二〇一七年

某留学生在国外因抄袭论文被除名有感

文人自古讲操行，华夏从来看重名。
做假到头终自破，学田唯有用心耕。

作于二〇一七年

题静文摄影《秋色》

金风勤洗叶红疏，一抹山峦水上浮。
共伴秋阳携挚友，吟诗垂钓最心舒。

作于二〇一七年

题静文摄影《阳台之盆菊》

一束金黄入眼眸，冷霜相吻共寒秋。
安然不怨阳春远，清静情怀独自留。

作于二〇一七年

羊日与学生聚会

我曾在曙光学校初中部任教，今年应本次活动组委会之邀在南陵锦江饭店参加聚会，大多数学生年近六十，岁月如梭，人何以堪。

春雨潇潇柳欲萌，南陵相聚动歌声。
沧桑写在两鬓上，宣酒一杯皆是情。

作于二〇一九年

减字木兰花・友人送栀子花有怀

芬芳带露，翠绿清纯称雅素。香气柔浮，玉立亭亭入画图。
思人睹物，曾写新词怀旧故。万事荣枯，人去人来在旅途。

作于二〇一九年

遥寄武汉

九省通衢古郢州，华中重镇势方遒。毒魔肆虐逞邪性，巨擘精严定善谋。

一邑生民牵四海，三军将士壮千秋。阴霾褪尽艳阳日，江水樱花黄鹤楼。

作于二〇二〇年

游奎湖赞朱海川先生《奎湖赋》碑刻

波光千顷映村庄，九曲连通蒲草长。
细雨游船犁碧水，轻风菡萏散清香。
美文强立奎湖赋，佳地青莲仙酒坊。①
华夏历来多俊士，海川翰墨亦传扬。②

注

①强立，清代南陵奎湖人，文学家，精写美文《奎湖赋》。唐代诗人李白多次来南陵奎湖之畔仙酒坊饮酒赋诗。

②朱海川，当代书法家，南陵奎湖人，手书强立《奎湖赋》碑刻，是奎湖一绝。

作于二〇一九年

浣溪沙 · 全椒吴敬梓纪念馆

看透功名最是君，奇文集锦道儒林。精描细画笔深沉。
秋桂迎霜香翠柏，腊梅冲雪映诗魂。飘零落魄亦持真。

作于二〇一九年

第四编

西江月·赠王辉、周春燕伉俪

青瓦疏篱庭院，金风薄霭虬松。如歌耳畔闹秋蛩，桂子幽香暗送。
山影接天云淡，故人对话情浓。频频举酒脸生红，明月入窗与共。

作于二〇一四年

赠叶朝曦先生

朝曦一九九五年入伍到南海舰队，六年前曾来我家。

朝曦腾跃海云天，万水千山五彩间。
有志男儿巡要塞，多情岁月谱新篇。
挥毫满纸风烟起，放眼长空逸兴添。
待到明年花事闹，与君相聚赏春兰。

作于二〇一四年

一剪梅·寄广州叶行金同学

行金与我小学同学。二十世纪八十年代我家承包责任田，行金与几个同学每年夏天都会来帮我们忙“双抢”。

春草纤纤窗外青。碧水柔柔，野鸟声声。心思下课放风筝，岁月如梭，往事回萦。

昔日炎天烈火蒸。撩你衣裳，帮我忙耕。匆匆别后久难逢，彼处临春，故土寒凝。

作于二〇一四年

浣溪沙·酬牧金山先生邀至西边湖垂钓

故地重来忆旧游。昔时壮岁意方遒。蓦然回望已霜头。

四面青山皆妩媚，一泓碧水尽温柔。杜鹃红艳展风流。

作于二〇一五年

赠王志平先生

君家住在港河旁，垂柳飘丝缀画堂。
秫稻追风流彩浪，荷花映日散清香。
三杯陈酿迎佳客，一管深情写雅章。
顺应自然心趣乐，苍松夕照亦辉煌。

作于二〇一四年

赠盛玉龙、李琴伉俪

离家创业到天津，起步艰难尝苦辛。
今日蓝图描绘就，明朝心事敢攀云。

作于二〇一五年

读《曹植研究》赠曹之富先生

八斗才高唯子建，雅追屈宋比齐肩。
清香绮丽《洛神赋》，慷慨激昂《白马篇》。
潇洒率真天性在，风流卓异世人传。
曹家之富诗书画，妙笔生花郡邑喧。

作于二〇一五年

贺友人侄女入大学

芙蓉笑靥满塘红，喜鹊声声瑞气浓。
共祝君家灵秀女，乘风立志向苍穹。

作于二〇一四年

赠张玉坤先生

少壮有才名，经营敢竞争。
谦虚临事慎，敦厚待人诚。
大海风波恶，小心神态平。
深思谋拓展，欲上更高层。

作于二〇一五年

酬王志成同学邀饮忆昔

少年求教路途艰，动乱彷徨回故园。
冬雪深沉磨幼树，春潮浩荡送航船。
些年常入儿时梦，迟暮每思青涩篇。
皓首携君追往岁，苍松夕照两情欢。

作于二〇一五年

呈程志生老先生[1]

雄奇瑰丽大黄山，孕育俊才灵秀间。
名士襟怀如皓月，仁师品性比香兰。
清廉收到一生赞，敬业赢来众口传。
挥笔舒和歌盛世，松溪韵语动诗坛。

注

①程志生老先生出生于黄山之麓，年八十有九，一生从事宣传及教育教学工作。近年研究国学，致力于古典诗词创作，写出了大量的优秀诗篇，出版有《松溪韵语》（四集）等。

作于二〇一五年

呈惠国胜先生[1]

难忘镜湖君子红，相逢还忆旧时容。
太丰防汛沐风雨，黄岭入村查苦穷。
抚卷挥毫灵气茂，忧民怜弱爱心浓。
清风两袖人称道，犹在乡亲记忆中。

注

①惠国胜先生于一九八三年至一九八六年在芜湖教育学院学习，我亦在该院学习。八十年代国胜先生曾任职于南陵县。国胜先生多才多艺，书法很有造诣，诗词创作颇丰，已出版诗词等作品集多部。太丰是南陵县的一个圩区乡镇，黄岭为南陵县工山镇内最偏远的一个小山村。

作于二〇一五年

鹧鸪天·登板石岭竹海题赠姚果仁先生

阵阵天风清气香。登临放眼碧琳琅。根根挺挺迎焦暑。叶叶萧萧抗冷霜。

生岩畔，立河浜。笑携春雨向朝阳。无花难有蜂来伴，唯与松梅情意长。

作于二〇一八年

赠张小红、蔡伦伉俪

黉门别过路悠长，寻梦人生闯四方。
黄浦江边寻客户，崇明岛上顶风霜。
红颜娇艳映明月，良伴清灵比凤凰。
慧眼静心观世界，披云破雾任翱翔。

作于二〇一八年

呈谈兵老，贺其诗词集《循情韵语》问世①

男儿血性气如虹，欲射天狼挽劲弓。
坎坷曾经磨壮志，光阴已逝忆萍踪。
秀灵父子芜湖赋，佳丽春秋闸口容。
诗苑寿坛人共赞，老松披雪傲苍穹。

注

①谈老高寿，已九十有二。二十世纪四十年代参加革命。现出版有散文集《亲切的往事》、诗词集《循情韵语》等。谈老的诗词集《循情韵语》中多有怀旧之作。谈老与其公子正衡先生曾经同时应征“芜湖赋”创作，皆获奖。闸口是谈老卜居之地，风景秀丽。

作于二〇一五年

步韵奉和秦步旺表弟

亲邻咫尺共西乡，表弟赠诗情意长。
风雨如磐成过去，开怀举酒叙衷肠。

作于二〇一五年

步韵奉和永治先生

拜访先生不计程，慕名携雪叩君门。
谈诗论道惜时短，春日相邀登敬亭。

作于二〇一八年

呈戴光磊先生

经纶满腹古今融，夏雨春风抚幼松。
圆梦中华千载事，育材桑梓百年功。
呕心建校惠民广，致力关工爱意浓。
德艺双馨人共赞，东南谁个不知公。

作于二〇一八年

呈舅父张士铭先生

儿时失怙举家艰，启智从师问道虔。
数论园中寻乐趣，微分苑里采芝兰。
呕心授业郡乡赞，润物倾情桃李喧。
夕照熔金多绚丽，一生无悔是春蚕。

作于二〇一六年

赠万惕园先生[①]

名门子弟浸书香，身落丫山志气昂。
奋进克难征路远，慎思明道慧根长。
做人取信四方誉，办校倾心百代芳。
破浪乘风时正好，博文绚丽沐春阳。

㊟

①惕园先生曾经下放到南陵丫山务农，在农村生活了十几年。一九九八年创办了博文中学。“奋进、慎思”为博文中学校训。

作于二〇一六年

苏幕遮·步韵和王永治先生

下泥巴，心不堕。寻道崎岖，攀岭衣衫破。立志须当行正路。善小为之，常恐忧虚度。

展唐诗，观汉赋。贤士千秋，灿灿书中过。淡定超然存喜怒。怀远登高，贮好书盈肚。

作于二〇一六年

七修宗谱，赠堂侄德华、德勇、梦林

清朝吾祖到江南，正是洪杨战事酣。
瘟疫流行民避乱，村庄荒废草齐肩。
和泥筑室躲风雨，伐树开渠修井田。
后稷子孙善农艺，胼胝赤脚种粮棉。
春来冬去百年短，远去宗人血脉连。
汇聚支流成大海，炎黄后裔共家园。

作于二〇一六年

赠马振球先生

山村秀美孕瑶琨，立志悬壶有马君。
理论研究须会意，临床实践必躬亲。
同仁钦佩思维缜，百姓传扬品性真。
苦辣酸甜平淡看，还将大爱铸医魂。

作于二〇一八年

故乡行，赠金贤勇、李家福

村庄拥绿水生烟，西望芙蓉入眼帘。
钟朗桥边通邑道，栗阳河上恋家园。
闲行四甲新河美，探访文村古树残。
多彩春风牵旧梦，寸心还与故乡连。

作于二〇一七年

谈兵老先生赐诗有褒步韵呈正（二首）

一

自古诗言志，中华文脉深。
徘徊宫殿外，岂敢论骚人。

二

攀走崎岖路，前途水亦深。
博闻多练笔，求教向高人。

作于二〇一六年

浣溪沙 · 赠张照华先生

照华家西窗前有一株白玉兰，袅袅婷婷，满树花开，香气袭人。

绽放枝头似雪霜。朝暾夕月焕容光。婷婷袅袅映轩窗。
不与红颜争宠爱，惟留洁素入诗章。张君落笔共花香。

作于二〇一六年

应邀至南京参加表侄徐先志之女徐珍婚礼

昔年先志苦伶仃，茅舍三间壁透风。
别过工山谋致富，跻登建业善经营。
凤冠宝马嫁娇女，汾酒刀鱼宴远朋。
笑语欢歌盈满室，银花火树尽相迎。

作于二〇一六年

呈舅丈方大尧先生

菖蒲蕲艾傍门厅，时令馨香端午盈。
粽子青瓜传夙愿，雄黄白酒护安宁。
四周山岭望无际，一树榴花开有声。
亲友联欢同庆贺，安居乐业万家兴。

作于二〇一六年

题杭州，赠方建斌、王粹红伉俪

轻波縠绉不沾尘，袅袅风姿垂柳馨。
葛岭霞光朝暮看，钱塘潮水古今闻。
心昭天日岳飞庙，血沃中华秋瑾魂。
锦绣杭州人赞誉，英雄志士壮乾坤。

作于二〇一六年

与潘庆五先生畅饮，又蒙其赐大作题赠

榴花似火玉兰香，相见有缘欣举觞。
口诵《离骚》抒雅意，手持宣笔写华章。
垂髫苦练形神正，壮岁精研气韵长。
胸有游龙云水动，青冥浩荡任摇飏。

作于二〇一六年

至李继友同学家垂钓，又蒙其赠诗

和风淑气艳阳天，望远四周生紫烟。
水漾轻波浮野鸟，汀萌新绿浸香荃。
举杯尽兴不曾醉，执手开怀相见欢。
总角同窗犹在眼，白头屈指数流年。

作于二〇一六年

呈李小文先生[①]

华年受教在山陬，似水光阴春夏秋。
坚守清贫人品正，乐牵桃李爱心柔。
交朋观世有青眼，传道躬耕见白头。
佳日登高随岭壑，吟诗拄杖觅风流。

注

①李先生为我一九六三年读高小时的老师。

作于二〇一七年

相见欢·酬杜先放同学

秋霜头上相随，任风吹。往事如烟空忆，已难追。
杯碰碎，人微醉，壮心飞。共约明春携手，看葳蕤。

作于二〇一六年

赠陈金水先生

嫣红姹紫满园香，呵护精心情意长。
又似春风携乳燕，蓝天万里待飞扬。

作于二〇一六年

浣溪沙 · 赠表弟秦步旺

自爱自尊更自强，丫山十载炼成钢。人居冲坳志飞扬。
创业投资通管理，行文写韵有华章。秦门立世溢书香。

作于二〇一六年

赠费振阳先生

齐鲁古今多俊才，担当坚毅有胸怀。
大江之畔迎佳客，风正波平百舸来。

作于二〇一六年

赠王锡明先生

清如朗月比瑶琨，干练老成思虑深。
施展才华怀壮志，携行理想见初心。
乘舟更解风波恶，负雪方知松柏贞。
白首归来栽五柳，回思往事似飞云。

作于二〇一六年

赠陈明庆先生

少年耕种在山村，沐雨栉风尝苦辛。
道遇艰难思奋进，怀揣理想不沉沦。
多才多艺同仁赞，淡利淡名朋友真。
君我闲暇谈往事，一杯浊酒举频频。

作于二〇一六年

赠朱宝富先生

从军十载解戎装，亮点人生又起航。
一路走来多变幻，初心不改气昂昂。

作于二〇一六年

赠上海南陵商会朋友

离家创业敢担当，有志男儿闯四方。
风正气清宜远眺，争流百舸向朝阳。

作于二〇一六年

酬张茂增同学邀饮

兰园酒肆雅名芳，山蔌海鲜凭客尝。
满座高朋如朗月，一杯西风是琼浆。
弱冠壮志付流水，花甲鬓毛漫染霜。
耳热放言豪气在，初心不改少年郎。

作于二〇一七年

步韵奉和张达先生《与繁昌诗友同游西山》

清和四月沐春阳，草木葳蕤生玉光。
黛绿淡蓝牵粉素，深红浅紫有明黄。
娇容娴静解人意，香气氤氲染客裳。
佳日登临天地阔，诗情画意满山冈。

作于二〇一七年

步韵奉和张达先生《登红花山远眺》兼赠繁昌诗友

偕行笑语密林中，身借此峰临半空。
翠鸟声声鸣宛转，清香阵阵醉朦胧。
江山秀丽迎佳客，心眼开明响梵钟。
谷底清溪流汩汩，有如诗友两情同。

作于二〇一七年

金力云先生八十华诞敬贺[①]

郁青楼畔玉兰香，五秩年华别梦长。
摇曳桃花飞灿烂，回旋钟韵响悠扬。
望贤立志兴华夏，传道倾心育栋梁。
春水舒怀杨柳碧，先生行乐钓荷塘。

㊟

①我们于一九六三年进入南陵中学初中部，金先生是班主任，其时他二十多岁，风华正茂，儒雅俊朗，在篮球场上他更是身手矫捷，技艺超群。郁青楼是当年南陵中学标志性建筑。当时学校的几幢教学楼前遍植桃树。学校下课是用一口铜铸的大钟撞击报时。金先生退休后喜爱垂钓。

作于二〇一七年

步韵敬和程志生老先生[①]

为文旨在感情真，辛苦勤严细细耕。
思虑回旋寻表意，推敲反复欲求精。
青松外秀枝条嫩，巨擘内稠功底深。
愧对先生多赞誉，诗坛忝列赖翁成。

㊟

①程志生老先生，博闻强识，勤奋创作，有多部诗词作品问世，九十多岁高龄仍笔耕不辍，令人难忘。

作于二〇一七年

临江仙·呈族祖周邦友先生兼赠族叔周光华①

年少从军修铁道，纵横万里当年。青春热血壮山川。一生平坎坷，静默不张喧。

古树石桥连小院，品茶闲语悠恬。数峰剪影挂青天。馨香清肺腑，户外菜花繁。

注

①周邦友族祖已是耄耋之年。二十世纪六十年代初，入伍当铁道兵，为国家修铁路、建水库等抛洒血汗。

作于二〇一七年

贺程志生老先生《松溪韵语》第四集问世

苍松旭日映奇峰，九秩诗才不老翁。
所写黎民华夏事，常抒皓月芷兰情。
语词神妙称精准，境意深幽誉秀灵。
风雨过来携爱恨，临高回望自心清。

作于二〇一七年

赠王存余先生

抒怀一卷认王君，不饰铅华见本真。
入伍持枪巡海岛，归田创业带乡亲。
初心不改搜平仄，花甲有为尝苦辛。
彩笔多情书锦绣，从容淡定看红尘。

作于二〇一七年

酬王泽松先生赐其大作[①]

钟情农业有殊缘，走进乡村下稻田。
科技富民千口赞，粮油增产万家欢。
开篇院士署名字，竭虑王君惠故园。
汉赋唐诗寻意趣，余暇命笔写松兰。

注

①王泽松君大作《王泽松农业科技文集》由袁隆平院士题写书名。

作于二〇一七年

鹧鸪天·王苏陵女士绿岭寻旧题赠

黛色层层入眼眸，接天远岫雾闲悠。小村古朴遮樟桦，旷野清新立鹭鸥。

观水碓，抚溪流，拱桥石径亦温柔。深情细数童年事，常忆故乡梦里头。

作于二〇二〇年

临江仙·宴唐泉先生及吴、王两位女士

有意金风摇桂树，秋光五彩温馨。登楼携手故乡人。去年临上海，难忘共持樽。

佳日良朋须放纵，高谈信口舒心。吴姬执酒劝殷勤。吟诗还论道，客主已微醺。

作于二〇一七年

减字木兰花·贺谈怡中先生长篇小说《茨山庵》付梓

茨山远久，自古人文沉淀厚。秋雨春风，昔日庵堂野草生。

谈君笔秀，细写人生长忆旧。风土民情，长卷翻开入眼明。

作于二〇一九年

酬孙振坤先生赠其大作《行走——从欧洲到西藏》

莱茵河水似琼浆，滋润欧洲亘古长。
歌特箴言人省记，但丁神曲意飞扬。
大昭古寺佛光粲，布达拉宫气势昂。
万里壮游心志远，东西文化共辉煌。

注

歌特，即歌德，约翰·沃尔夫冈·冯·歌德（1749—1832）。

作于二〇一七年

清平乐·丫山湨湖村掠影

人携乳雾，身在云深处。寨落周围峰岭护，青瓦白墙绿树。
村中石径相衔，村头芍药红颜。流水淙淙龙井，荷锄老耄悠然。

作于二〇二〇年

浣溪沙·贺表兄张凌鸿先生大作《竹苑居诗文稿》付梓

执教精心育幼苗，从戎不惧路迢迢。情怀桑梓故人褒。
老骥还存千里志，新梅欲放满园娇。白头秉笔写逍遥。

作于二〇一七年

步韵奉和张达先生

重阳携酒赏东山，雁过长空感岁寒。
枝上争飞林鸟乐，崖旁竞放野花欢。
一泓碧水多明秀，满目秋光尽灿然。
莫使神怡佳日去，适时行乐古人诠。

作于二〇一七年

临江仙·呈宗长周家保先生

曾记当年峨岭聚，菜花河柳春明。群山浓淡似围屏。畅谈桑梓事，长忆旧田塍。

天地悠悠流岁月，匆匆总是人生。今朝携友访门庭。豪情逢酒在，意气比长风。

作于二〇一八年

一剪梅·赠小妹玉琴

常忆当年对小窗，学海求知，前路悠长。常忧虚度负情怀，落地山区，不惧风霜。

铁骨寒梅独领香，执教终身，倾爱儿郎。春来秋去自轮回，人有憔容，心志飞扬。

作于二〇一八年

醉花阴·酬张桂林先生

一路和风桃李靓，芳草蓝天旷。油菜沁人香，树掩佳居，鸭戏春波唱。

村边携手欢声漾，嗔怪迟来访。把酒赏茶花，旧事温馨，细数情难忘。

作于二〇一八年

贺李士友先生八十华诞

勤勉平和眼界宽，求真谨细不张喧。
做人磊落无私念，行事光明有美谈。
霞蔚云兴门户旺，心清身正子孙贤。
秋收春种田园乐，恬淡自怡邻里传。

作于二〇一八年

酬汪维、林翠华、汪祥、张明月诸学生

少年开智入黉门，志在蓝天冲破云。
坎坷面前思奋进，成功背后饮酸辛。
青松旭日春光好，黄叶晚霞秋色深。
白首回眸思往事，热诚情重故乡人。

作于二〇一八年

浣溪沙·酬李来宝先生

细雨茫茫笼陌阡，华楼矗立绕云烟。荷花杨柳子规喧。
满目奇葩陈馆殿，一枝彩笔写山川。倾情翰墨是机缘。

作于二〇一八年

赠张承荣先生

钟灵毓秀大工山，才俊栋梁多此间。
破浪乘风迎旭日，出乡拔省闯雄关。
教书心系九州盛，执法情怀百姓安。
善小为之常谨记，公平正义在双肩。

作于二〇一八年

寄姻堂弟李明

三行旧句感情深，遥想当年尚有痕。
君转他乡求课业，吾栖故土守黉门。
有缘相遇留佳话，无意重逢成至亲。
春谷荷花开正艳，归来举酒饮温馨。

作于二〇一八年

浣溪沙·赠黄太明先生

学业有成报故乡，践行理想敢担当。辛劳头上起寒霜。
愿为人间除痛苦，唯祈天下浴安康。仁心医者爱无疆。

作于二〇一八年

清平乐·贺侄孙李伟琪

潜心伏案，学海辛勤探。一路穿行登彼岸，遂了全家心愿。
人生又要开锚，征途雾嶂沟壕。志在乘风破浪，前方景物娇娆。

作于二〇一八年

减字木兰花·酬胡正西邀我同赴旗袍协会之宴

华灯绽放，频举酒杯君海量。率意扬真，醉态朦胧听语馨。
旗袍红绛，人面桃花身段靓。盛世欢吟，传统中华国粹新。

作于二〇一八年

赠邓绪源先生

秋风挥笔画图新，天嵌远山余淡痕。
小镇兴衰留史册，大河升落记冬春。
周瑜点将代湖畔，黄盖安魂王墓墩。
千载水乡多俊士，一方龙脉有灵根。

作于二〇一八年

临江仙·酬魏代文、汪祥、张明月诸位

湖畔菊花开五彩，相逢秋色温馨。畅谈悦耳是乡音，举杯邀我饮，道是洗风尘。

昔日涂鸦犹在眼，年华转瞬难寻。杭城创业历艰辛，人生当有梦，心事欲拿云。

作于二〇一八年

浣溪沙·酬盛明汉先生

聚会铜陵六载前，其时四月艳阳天。携春举酒尽相欢。

无语风霜雕老耄，有情校友忆华年。品茗窗外雪花繁。

作于二〇一八年

步韵奉和曹之富先生

求知问道亦相同，率性扬清意气生。
或撰或吟寻雅趣，边行边悟看浮名。
腹藏锦绣诗词俏，笔起烟云书法精。
花甲结缘犹未晚，三杯醪酒见豪情。

作于二〇一八年

用韵谢程志生老先生赠诗兼怀汪炎亮老先生

归来属意向词章，开卷欣然识宋唐。
且看江山生赤壁，旋听志士诉衷肠。
尊崇诸老品行好，怀念先师文字香。
织就单纱成锦绣，还须寂寞耐炎凉。

作于二〇一八年

罗光成先生携客游石峰湖，与夏热、姚雪莲、陈明庆作陪，有感而赋

小荷初透卖杨梅，绿树深深啼子规。
坝上繁花开烂漫，湖中孤岛画葳蕤。
水浮村落青烟起，岭被云霞白鹭飞。
感悟有如尘世外，此中真意告之谁。

作于二〇一九年

赠罗光成先生

曙光村里始相逢，邂逅工山看落英。
问道初心扬远志，弄潮时代驾长风。
行文挥笔才华溢，处世待人神态平。
滚滚红尘飞眼过，罗君本色是书生。

作于二〇一八年

敬贺刘媛先生九十华诞兼赠王苏陵女士

十五从军别故乡，雄师驰骋见红装。
投身革命经风雨，矢志扶伤砺凤凰。
感叹沧桑怀旧事，欢迎岁月谱新章。
满堂亲友尽相贺，九秩聪明共举觞。

作于二〇一八年

玉楼春·赋得秋桂酬谈怡中先生赠诗内子

清荫摇曳岩边桂，四季恒然枝叶翠。金风作伴送温馨，一树荣开秋点缀。
严霜烈日长相对，不与春花争妩媚。矜持娴静看云天，恬淡情怀称秀慧。

作于二〇〇八年

浪淘沙·呈表姑母张静兰兼赠表弟鲁光

张静兰表姑母家住在芜湖陶塘旁边，几十年来我还是第一次与老表们相见，大家欢聚一堂。

嫩柳绽芽香。碧水陶塘。春风淑气共朝阳。细问故乡谈旧事，游子情长。

携手任倘徉。槛外长江。匆匆如水是时光。莫叹人生如过隙，笑叙衷肠。

作于二〇二〇年

定风波·寄吴咸文君

梦里工山忆旧痕，有缘之地认咸文。玉树临风君慧雅，潇洒。辞家一去几冬春？

又是一年桃李艳，思念，红尘浮动易伤身。新柳幽兰期共赏，吟唱。暮年益重故乡人。

作于二〇二〇年

酬陈静、刘丽伉俪邀至陶辛赏荷兼赠表弟肖波

陶令后人修井田，种荷成业避时艰。
美人留艳香湖岛，江水拥濡生态园。
洁素亭亭微雨润，娇红楚楚晓风牵。
高贤隐逸菊花赞，宋后吾家独爱莲。

作于二〇一八年

鹧鸪天·赠吴书喜、田翠萍伉俪

创业纷繁敢打拼。紧抓机遇有胸襟。南方酷热台风猛，北地严寒冻雪深。

追暮色，伴朝暾。成功背后是艰辛。智圆行正人称道，敞亮清扬品性真。

作于二〇二〇年

第五编

悼汪炎亮先生

酉时谈笑尚余温，晨报先生已驾云。
春谷雅园凋碧树，天堂翰苑列骚人。
文坛昌盛诗家愿，桃李芬芳赤子心。
今有疑难谁可问，长风吹过了无痕。

作于二〇一五年

一剪梅·忆春日之汪炎亮先生家

日丽风和诗意长，芍药含娇，紫燕鸣梁。青山妩媚最传情，老少联吟，满室生香。

晨旦先生驾鹤飏，转瞬难寻，云水苍茫。春来芳草纵然青，物是人非，遥望天堂。

作于二〇一五年

浣溪沙·悼汪竟生表兄

五月红消绿叶繁。苍天有意泪涟涟。一抔黄土对青峦。
情系山村耕垅亩，心思桃李效春蚕。长空驾鹤恋家园。

作于二〇一六年

悼　亡

二〇一五年清明去小华山扫墓。

春阳高照四周空，总是东风吹老松。
长忆昔年寻旧梦，无情冢畔杜鹃红。

作于二〇一五年

怀念叶志荣姻亲

昨夜梦见志荣亲家，其谈笑风生，诙谐幽默依然，晨起而作。

曾经携手看春花，围坐堂前共品茶。
三载沉疴君驾鹤，何人与我话桑麻。

作于二〇一五年

浣溪沙·汪炎亮先生祭

细雨坟前凭吊伤，一抔黄土示阴阳。风摇竹动散清香。
君上九重游广宇，手持五彩续华章。的山耸立老松苍。[1]

注

①的山，当地名山。

作于二〇一七年

哭济民吾弟

童年开手学农事，一世勤劳从未闲。
割稻栽秧迎烈日，放牛担草上高山。
寻机致富不挪后，敬客举杯干在先。
泪下潸然君驾鹤，何人与我尽余欢。

作于二〇一五年

济民弟去世周年至小华山公墓追思

空山炮仗震云天，呼唤声声烧纸钱。
斟上三杯佳酿酒，君无回应只长眠。

作于二〇一六年

临江仙·冬至日小华山公墓悼济民弟

落叶萧萧枯草涩，夕阳西下寒风。儿孙烧纸拜坟茔。举杯呼敬酒，君竟不回声。

长忆少年同捕鸟，玩泥捉放蜻蜓。眼前暮色尽空濛。来生当有意，还续弟兄情。

作于二〇一五年

清明祭扫

踏青祭扫到清明，炮仗沿途不断声。
灌木携牵舒嫩叶，藤萝摇缀吻春风。
一盅薄酒子孙祭，三拜老坟情感生。
端正品行勤做事，先人教诲净心灵。

作于二〇一七年

小华山陵园追思

细雨纷纷四月天，满携思念到坟前。
几回梦里同牵手，啼血杜鹃寻故园。

作于二〇一七年

浣溪沙·小华山墓园追思

如火杜鹃入眼眸，子归啼叫对空幽。光阴转瞬九春秋。
绕冢追思卿已去，抚碑惆怅意难休。满山青绿映霜头。

作于二〇一八年

鹊桥仙·七夕有怀

轻风吻树，秋山剪影，新月多情陪伴。牛郎织女诉相思，是真爱，千年不变。

良人已去，容颜易老，长忆春花灿烂。每逢七巧羡神仙，爱桥架，温柔河汉。

作于二〇一七年

悼　亡

张惠兰女士去世九周年忌日。

红瘦绿肥思故园，风吹雨打海棠残。
此生是日最难忘，冬去春来已九年。

作于二〇一八年

玉楼春·悼念朱凤灿先生

纵横阡陌氤氲漫，露水沾衣晨色暗。一抔黄土守家园，槲楮丛生掺苦楝。
萋萋芳草情无限，春月秋云长眷念。回思昔日与君欢，三纪光阴如闪电。

作于二〇一八年

清明追思汪炎亮先生

清明色气喧，阡陌野花妍。
桂镇藏灵秀，毛冲有芷兰。
诗魂桃李伴，松岭霭云连。
名利先生谈，开怀爱此间。

作于二〇一八年

采桑子·追思学生胡智军

乍闻噩耗惊无语，正是英年。社会中坚，父老乡亲忆尔贤。
求知上进人开朗，超越平凡。创业新篇，长记君容夜不眠。

作于二〇一八年

悼念谈兵先生

先生骑鹤驾云时，正是花开芳草萋。
百岁人生经雨雪，天堂清静写安怡。

作于二〇一九年

浣溪沙·追思周邦根大人

水瘦山寒枫叶凋，周公驾鹤入云霄。重重峰岭起松涛。
双手勤劳耕垄亩，一生忠厚待同胞。四邻赞誉未停消。

作于二〇一八年

卜算子·大妹玉珍去世十三周年

十九嫁乡邻，朝暮常相见。寒暑奔波建小家，辛苦全无怨。
后辈已成才，含笑天堂看。聚散人生本是缘，花落春溪满。

作于二〇一九年

小华山墓园追思祖母周郏氏

儿时辗转到江南，遍地凋零起战烟。
脚踩水车陪晓月，肩挑柴草赶晴天。
全家颠沛精神在，一世辛劳品性传。
国泰民安今已见，满怀思念拜坟前。

作于二〇一九年

鹧鸪天·追思项兴甫先生

相遇工山壮岁时，项君意气故人知。举杯豪爽胸怀阔，理事清明尺度宜。

游牯岭，访琴溪，共临幽壑觅兰芝。老来困顿精神在，秉笔闲书苏子词。

作于二〇二〇年

浣溪沙·登大工山忆项兴甫君

今又登临岭上来，吟诗长啸阅千垓。天风吹动净尘埃。
郁郁青青茶草在，红红火火杜鹃开。一枝能否寄泉台。

作于二〇二〇年

去丹阳周伟侄儿家团聚忆弟济民

步唐代诗人王维《九月九日忆山东兄弟》韵。

昔日丹阳兄弟聚，欢声笑语最相亲。
今朝依旧堂前坐，遗像空悬不见人。

作于二〇一七年

挽岳父李士林先生

少年出外做长工，辛苦经年帮父兄。
抗旱保苗迎热暑，修塘蓄水顶寒冬。
有难有险挺身勇，无畏无私行事公。
邻里乡亲交口赞，做人诚信毕生荣。

作于二〇一〇年

挽岳母方大淑女士

及笄出嫁到山乡，地里家中总是忙。
抚育儿孙诚喜悦，操持内外任劳伤。
邻居称赞人缘好，亲友传流懿范香。
竹语清风明月夜，偕行至爱向天堂。

作于二〇一六年

悼念表兄孔亮先生

秋风吹落桂花残，忽报先生别故园。
问道征途罹困苦，求知筑梦有甘甜。
作风严谨师生赞，家训清方子女贤。
一片丹心桃李茂，留名史册后人传。

作于二〇一九年

追忆父亲周斌先生

书生立志欲兴邦，启智开蒙报故乡。
坚守黉门揣信念，钻研教育有担当。
丹心只为幼苗壮，白首依然意气昂。
岁月多情留往事，一方称道姓名香。

作于二〇一九年

附录

对联三则，濡须周氏宗祠重建并家乘续修（七修）

一

细柳屯兵称肃整
濂溪叙志见纯清

二

举孝敦亲家氏旺
知廉笃志子孙贤

三

国盛民安祠堂重建
枝繁叶茂世谱续修

作于二〇一七年

应南陵诗词学会撰写对联

一

神州雪降祥瑞

春谷梅开秀灵

（横批：春满人间）

二

西临格里青山秀美

北泛奎湖碧水柔和

（横批：佳山丽水）

作于二〇一七年

题汪克非先生家

射的奇峰绕云雾
杨村秀水浮画图
（横批：画里人家）

作于二〇一七年

应陵阳诗社撰写对联

大浦园中杨柳梳水
工山岭上腊梅报春
（横批：山清水秀）

作于二〇一七年

题阳光花园小区

大道沟通花似锦
高楼耸立树成荫
（横批：小区如画）

作于二〇一七年

题和顺房地产公司

和风梳柳山峦绿
顺意泛舟涧水蓝
（横批：无限春光）

作于二〇一七年

工山镇万安村对联二则

万桥亭（万安桥）

野渡无言听碧水
佳亭有意望青山
（横批：古渡幽境）

大工山亭（山头张新区）

早霞夕照一亭秀
秋桂春梅满苑香
（横批：工山秀色）

作于二〇一九年

蝶恋花·小华山墓园追思[①]

黄叶凋零秋色晚，三拜坟茔，泪水盈双眼。十载光阴长眷念，梦中曾与亲人见。

犹记缝衣临夜半，种菜浇园，打草寻荒甸。撒手依依多顾盼，乳名从此谁来唤。

作于二〇一九年

注

①祭妻张惠兰女士去世十周年。大儿静文追思而作。

中秋节追思母亲[①]

周周读初中了
个子长高了不少，都说他很帅
常常想起
他咿呀在你怀里的样子
我们都没心没肺地长胖了
也没个病没个灾的
这几年，总想吃爱吃的菜
还有许多菜不会做也想不起味道了
不知道去问问谁
日子过得还算顺利
我们也都挺好的
你在那边还好吗
我们住的地方没变
还是这里
妈妈，我想你了
今天是中秋节
妈妈，你过节的东西
准备好了吗

注

①小儿文峰追思母亲而作。周周是文峰的儿子。

作于二〇一九年